編按語

從十八世紀一直延續至今的法國情色小說，使得情色元素成為法國的文化特色，情色藝術在法國十分發達，成為流行的文化符碼。在法國，性是開放、外露、張揚、充滿個性的。最突出的表現是為知名香水品牌做廣告的模特兒永遠是一絲不掛，因為法國人認為，充滿了性的欲望才是最美的，最易贏得人心。

十八世紀的法國出現情色小說創作高潮並不是偶然事件，而是與這一時期的社會情況和啓蒙思潮有密不可分的關係。在動盪的法國大革命前後，隨著各種宣傳啓蒙思想和鼓動革命風潮的書籍和小冊子在法國大眾中以迅猛之勢廣泛傳播。當時同樣起著煽動情緒、激發狂熱和暴烈心態的各類情色文學作品也混雜其中，流傳甚廣。由於這種書能夠使人受到刺激而達到更加興奮的狀態，而這種狀態是更適合於一觸即發的大革命態勢的，所以在當時相當受歡迎。

值得注意的是，雖然這些瘋狂的性愛作品帶有淫穢的成分，但大部分是具有社會歷史價值的情色小說，不少都是描述貴族或神職人員無能、有病或不道德，以便低下階層攻擊上流社會。

法國的社會風氣較為浪漫，帝王貴族更是荒淫無度，甚至到了變態的程度。波旁王朝的君主幾乎一代比一代昏庸和淫亂。一七八九年七月，法國大革命爆發，那時全國流行一首諷刺意味十足的歌謠：

祖父是個吹牛者，父親是個大笨蛋，孫子是個膽小鬼。

啊，如此卓越的家族啊！法國是你的。

這祖孫三代就是路易十四、路易十五和路易十六。路易十四有「嗜床癖」，在耗時二十六年建成的凡爾賽宮中他就準備了四百一十三個臥榻。他的嗜床癖甚至在征戰沙場時也表露無遺，他派隨從把大如方舟的「龍寢」連同帳篷一起運至戰場，並要寵妾們作陪，使他可以隨時和女人在上面尋歡作樂。

路易十五是一個對政事毫無興趣的浪蕩子，擁有許多寵妾。他嗜愛少女，終日在鹿園和十四五歲的女孩淫樂。他荒淫無度，凡是他感興趣的宮廷女子，他都毫不猶豫地強佔過來，同時十分冷酷自私，不允許任何事干擾他的尋歡作樂。據傳，有一次他強召宮廷的一位貴夫人來滿足他的性欲，這位貴夫人不敢違抗聖旨，只是把這個命令告訴了她的丈夫，於是這個丈夫就故意去染上梅毒，然後把梅毒傳染給妻子，妻子又傳染給路易十五，結果使這個荒淫無恥的國王死於非命。

對歐洲大陸的任何國家來說，一七八九年的法國大革命是一個巨大的衝擊，舊的封建制度逐漸瓦解，人們希望洗滌過去貴族社會留下的污穢，使得新社會更加純淨。十九世紀中葉登基的英國維多利亞女王，她對性的管理和限制，正是在這種時代背景下出現的，因此，在歐洲近代史上出現了以性保守著稱的「維多利亞時代」。

這個時代，許多中、上層的婦女由於受到性壓抑的淑女式的教養方式的影響，加上對自己生理的無知，大都表現出一種性能力不足的毛病，淑女即使沒有對性交產生肉體的厭惡，也缺乏一定的技巧享受性生活的樂趣。加以許多丈夫又有自己事業上的許多麻煩問題，所以夫妻性生活往往成為例行公事。這種性觀念和性態度必然造成男人欲求不滿，促使男人沉溺花間柳巷，而且把向別的女人發洩性欲看做是對妻子的恩惠。

十九世紀是歐洲「賣淫的黃金時代」，在那個時代高級妓女和街頭妓女都十分盛行，妓女不一定都來自社會底層，很多男人喜歡有教養的上流社會女人，於是上流社會女人出來賣淫的也所在多有。十九世紀六〇年代，巴黎的妓女將近十二萬人，當時的巴黎是歐洲的歡樂市場和快樂的發源地，僅是聚集在皇家廣場之前的阻街女郎就將近兩千人。

至於英國維多利亞女王下令禁止出版色情書刊之後，所有的猥褻圖書都轉向地下秘密出版，而且比過去更加猖獗。這都說明，社會上淫亂風氣的形成非一朝一夕，有它在經濟、政治、文化上的許多原因，不是單純地靠禁止就能改變的。

我進了她的香閨，看到沙發上的她，衣衫半敞、嬌媚慵懶……

第一章

十七歲的時候，我待在布列塔尼半島上的一座古堡裡，身邊無友無伴，只有幾位家庭教師。他們終日促我勤學苦讀、鑽研滿是霉味的書卷，課程日復一日，不曾間斷。這固然出於家父德勒某伯爵對我的殷切期盼，可惜方向有誤，我本性疏懶，面對如此規律單調的生活，大感無趣乏味，覺得再這樣過下去，我頂多再活三個月。然而來到古堡的一群賓客救了我一命。

某天早上，我在書房的時候，庭院傳來馬車車輪急駛過石板路面的嘈雜聲響，令我又驚又喜。我把書本丟到角落，三步併作兩步下了階梯，到大廳門口迎接父親。陪在他身邊的是我的舅父，柯某伯爵，舅父還帶了兩個兒子，他們和我年紀相當。

父親當天就告訴我，他接任駐俄大使，即將前往赴任，他不在的時候，我得跟著舅父。舅父和兩個表兄弟要在堡裡住一、兩週，之後就返回巴黎，他們會帶我一起。

第二天，父親好言勸勉並祝福我之後，就啟程前往聖彼得堡。

我發現我這兩個表兄弟，拉烏爾和朱利安，根本就是農村裡曾放養過最粗野放蕩的兩匹年輕種馬。他們兩個囂張叛逆，領著我這個書呆子胡作非為、花天酒地。舅父忙於前往附近地區處理事情，無暇管教我們。

有一天我到拉烏爾的房間找他，一開門，我就被眼前景象嚇得目瞪口呆。拉烏爾在床上，正在瑪奈特懷裡。瑪奈特是堡裡的侍女，臉頰紅潤、身材標緻，是個健美的女孩。

我進房間的時候，拉烏爾趴在瑪奈特身上，兩個人緊擁彼此，女孩的一雙白皙長腿交扣在他背上。我看得出來，他們玩得很開心，一臉滿足。他們很熱情專注地在做運動，根本沒注意到我已經走進房間。

我自幼家教甚嚴，從不曾獲准與女性來往，連城堡旁的村莊都不能進入。雖然這三天以來，兩個表兄弟和我在一起時大談荒淫好色事蹟，已經讓我先前對於女性貞潔的想像徹底破碎，但是看到拉烏爾他們在床上那樣，我還是嚇傻了，站在門口呆看，一直看到拉烏爾從女孩身上起來。

他背對著我站起來。瑪奈特仍然躺著，閉著雙眼，她的襯裙和內衣全都撩了上去，大腿張得很開。我熱切地盯著她白嫩圓潤的肚子，肚子最下面覆蓋著一層濃密墨黑的捲曲毛髮，再往下一點，在她的雙腿之間，我發現了那個屢屢耳聞但從不曾眼見的部位——屄穴。就在微鼓小丘上長出的那叢捲曲毛髮之間，在那看起來可愛迷人的縫隙周圍，我可以看到兩片紅潤飽滿的肉唇，微微張開，一股白白的泡沫從裡面汩汩流出。

看到這一幕，一種奇特的感覺在心底油然而生，我覺得頭昏腦脹、困惑不已，於是向床邊走去。瑪奈特一聽到我的腳步聲，馬上躲進被褥裡。拉烏爾過來歡迎我，他拉我到床邊，問我：

「路易表弟，你看到什麼了？你進來多久了？」

我回答說我把他們做的整套都看在眼裡了。

拉烏爾抖開被子蓋住女孩，讓她坐起來，一手環住她的腰，開口說：

「路易表弟，你呢，以前從來沒有嘗過被漂亮女孩抱滿懷的美妙滋味，所以你不會明白，只要把握各種機會、用盡權勢手段，就能滿足一己私慾，這種誘惑是多麼令人難以抗拒。看看瑪奈特，這麼嬌美迷人的女伴，誰能拒絕她呢？昨晚她已經特別優待我，邀我進她的臥房，所以今晚我不得不禮尚往來，當然我也會承擔後果。」

我回答：「當然，她非常迷人。」我有一股衝動，想要深入了解男女交合後產生的歡愉感覺。瑪奈特還坐在床沿，身上的衣服幾乎遮不住她的下體和大腿，我把手放在她光裸的膝上，再滑進她的連身內衣裡，最後停在毛茸小丘上，丘下就是美妙的隙縫。

不過拉烏爾制止了我，他說：「抱歉，表弟，不過瑪奈特是我的人，至少目前是。我看得出來，你急著踏入愛慾女神的神祕領域，我想，有瑪奈特幫忙，我今晚可以幫你找到一個女伴。好嗎，瑪奈特？」他說完後轉頭問她。

「噢，當然！」女孩說。她站起來，擠出一個微笑，「我們可以找我妹妹蘿絲來陪路易先生，我保證她比我還漂亮，而且她的胸部比我的還豐滿白嫩。」她邊說邊遮住胸前白皙誘人的雙乳，我的雙眼貪婪地盯視著那兩球渾圓。「我保證，」她又說，「我們今晚就帶蘿絲來，一定會讓你滿意。」

我告訴瑪奈特，只要她今晚帶她妹妹來我房間，我就守口如瓶，不會告訴別人我看到什麼，然後我就告退離開。

當晚我很早就回房，在瑪奈特進房前的一小時裡，我渾身發熱，既興奮又期待。等到後來，瑪奈特拉著她妹妹進了房間。蘿絲是個很美麗的女孩，她進房後，我等門關上，就跳上前抱住她，帶她到沙發上坐下，然後拉她到我身側。我解開遮住她胸脯的巾帕，雙臂緊緊環抱她，在她的雙峰上印下熾熱的吻。蘿絲被我親得羞紅了臉，微微掙扎起來，想掙脫我的懷抱。這時瑪奈特走到我們跟前，她說：

「路易先生，蘿絲以前從來沒有跟男人在一起過，當然會有點害羞。不過她很願意和你在一起，而且你們獨處的時候，我保證，她會讓你為所欲為。對不對啊，妹妹？」

「噢，對啦！」蘿絲這麼回答，然後就把臉埋在沙發靠枕裡。

瑪奈特告訴我，葡萄酒很棒，可以提神助興，她會去幫我拿一些過來，還叫蘿絲要多敬我酒。她離開之後很快又回來，手上拖盤裝著美酒、蛋糕等等，然後她就告退，還祝我們「有個愉快的夜晚」。

瑪奈特退下之後，我鎖上房門，拉著蘿絲到桌子旁，又挪一張沙發到桌邊讓她坐。我坐到她身旁，先不做什麼逾矩行為，試著讓她放輕鬆，又給她喝了幾乎五、六杯酒。她喝開之後，言語開始比較大膽開放，顯出活潑奔放的本性。我這才伸手環住她的肩和腰，擁她入懷，在她微翹的嫣紅唇瓣上印下熱吻。我的一隻手伸到她胸口，撫摸搓揉那對渾圓結實的奶子。這樣調情一會兒之後，我彎下身，一隻手鑽到她的連身內衣裡，將她身上的衣服從膝蓋往上掀。掐捏玩弄過她的美腿之後，我的手指順著大腿游移，最後停在一叢柔軟如絲的毛髮上，掩藏於下方的就是處女陰穴的入口。

我的手指搓捻、扭絞，玩弄她下體的柔軟捲翹，一根指頭接著往下移動，在肉瓣間輕輕按揉那塊突出肉蒂。我很有技巧地挑逗蘿絲，她開始在沙發上不停扭動。我再也忍不住了，全身好像著火一般，血液在管脈中沸騰。我讓她站起身，開始剝光她，猴急之下幾乎扯裂衣服。女孩全身赤裸地站在我跟前。眾神啊！如此美豔的胴體，如此誘人的部位，在我灼熱如火的眼光之下無所遮掩、一覽無遺。看那姣好的小巧雙乳，形狀堅挺、渾圓富彈性。我按揉、親吻它們，用嘴含住乳頭。我將蘿絲拉近，直到她光裸的軀體貼著我，我跪下來，從乳尖一路熱吻到下體毛茸間狹小肉縫上的淫豔蜜瓣。我已經徹底陷入瘋狂，慾火蔓延，焚身燎原。我瞬間脫得精光，緊擁著她，我將渾身顫抖的她抱到床上。

我讓她躺下，在她豐腴肉感的臀下墊了個枕頭，然後跳上床到她身側。我將她的大腿向左右推開，我的胯下肉棒早已枕戈待旦、蓄勢欲發。我壓在她身上，用指尖撥開她的微翹陰唇，費盡千辛萬苦，才將我這根未經人事的肉棍棍頭，插進她同樣未經開發的蜜穴穴口。

感覺龜頭已經就定位之後，我用盡全力挺進衝刺。感覺前頭應該進到滿裡面了，我繼續衝撞戳捅，不過沒什麼進展。我又抽出來，吐點口水潤溼龜頭，然後又在蜜瓣之間對準就位。最後，在我粗暴地撕扯搗撞之下，最前方的阻障宣告失守，我大概插了一半進去，不過已經摩弄得興奮到了極點，陽關一鬆，童男精液滾滾洩出。我趴在她的胸前，她的蜜穴因為破處時撕裂而落紅，浸潤在我的陽精之中。

可憐的蘿絲無比勇敢地承受這一切，她口中緊咬被單，以免因為疼痛而慘叫出聲。她緊抱住我，甚至撫弄那根愛慾肉桿，助它實現破處的淫邪意圖。

我趴在蘿絲身上氣喘如牛，激動之下渾身發燙。我的眼中燃著溼熱慾火，感覺胯下龍陽再度剛硬怒挺，帶著加倍的活力衝勁重回戰場，我再度嘗試突圍。射到她蜜穴裡的精液滋潤浸透了幽暗狹緊的花徑，讓我回馬戳刺時略微省力。我又開始激情戳捅、使勁插刺，我能感覺到陰莖一次比一次深入，直到一次衝撞，力道之大，幾乎扯裂她的蜜縫，我的傢伙整根沒入她體內。最後這次衝擊造成的疼痛太過劇烈，蘿絲再難壓抑，發出一聲尖銳的慘叫。不過我沒有理會，我知道這一聲代表她已被我完全征服，讓我下身的美妙快感更加強烈。我盡可能地驅棍深探，感受慾鞘中柔軟淫媚的肉褶。有那麼一會兒，我們靜止不動，兩人緊密交合，連下體恥毛都交纏互繞成一團。

我伸手環住她的肩頸，將她抱得更緊，在她粉嫩櫻唇和暈紅俏臉上種下無數個吻。親愛的蘿絲很勇敢，但還是痛得忍不住掉淚，明眸美頰都被淚珠沾溼。我抽出陰莖，慢慢地再次插入。我的慾望熾烈，引誘我撩撥她再戰一回。她嬌美的臉龐上綻出一抹無限甜蜜的笑，不再露出剛剛受痛吃疼的樣子，我可以感覺到她下面軟嫩多汁的肉褶，突突搏動著，柔情依依地緊含住我的陰莖。我馬上加速抽插，往復搗磨的感覺實在太過刺激，加上我胯下巨石般的球囊不停撞在她雙股上的劈啪聲，蘿絲雖然下體仍感疼痛，還是被攪得春情蕩漾。她的手緊緊箍住我，雙腿勾住我的背，在我這根愛慾肉棍撼魂震魄的強力抽插之下，被逼得向男人獻出她的第一股處女蜜津。我跟她同時高潮，一股滾燙精液再度噴入花心最深處。我倆的淫津慾液交融相混，多少平息了兩人體內的熊熊慾火。

這種感覺前所未有，新奇無比、美妙絕倫，恍如仙境一遊，令人心醉神迷。雲端上的我們同享極樂，在彼此懷抱中繾綣交纏、游動如蛇，蘿絲喊著：「哦，神啊！我死掉了！哦，老天！好舒服，好痛快。哦……哦！啊……啊……嗯……嗯！」最後是一聲極為深沉綿長的嬌吟。

她的俏臀不由自主地扭動掙扎了幾下，然後就不再緊繃，一顫之後全身癱軟，昏了過去。我在喘出最後一口粗氣之後也頹然倒下，忘乎所以。

我們的神智恢復之後，我站起身，倒了一些酒給蘿絲喝，自己也喝乾一大杯。經撕扯捅破的蜜穴還滲著血，我在穴口蜜瓣上種下輕柔一吻，說：「愛慾的純正泉源，唯一能給予男人無盡歡愉的處所，毛茸可愛、小巧誘人的蜜縫，從此刻開始，我的生命和靈魂會永遠奉獻給妳。」

當夜我和蘿絲共度，我浸淫在她初經開發的桃源樂土之中，再次嘗盡魚水歡暢。我們一次又一次交纏相擁，共同在極樂汪洋中泅泳。我們數度淪陷情慾戰場，激情廝殺之下，很快就氣力耗盡，在彼此臂彎中沉沉睡去。

第二天早上我醒來的時候，蘿絲坐在床上，一臉惶惑地看著我的陽具，前一晚撐裂處女穴口、奪走她的貞操的傢伙，現在已經縮得小小的。她發現我在看她的時候，就撲進我的懷抱，將俏臉埋入我的胸膛。

我溫柔地扶起她、溫言寬慰，再教她握住那根，然後自己一邊摳搔她，一邊撫弄她的雙乳。我按揉軟嫩的兩球，吸吮嫣紅的乳尖，同時她的撫觸也再度煽動已在我體內跳躍的火苗。蘿絲很開心，看到一開始握在手中的軟塌小物長成龐然巨棒，如象牙般白潤光滑，露出包皮的龜頭碩大赤紅，因為飽含熱力而發燙。我想她的努力應該獲得報償，濃稠豐潤的愛津正等著讓她納入蜜倉花房。

我讓她緩緩躺倒，在她白潤如弦月的翹臀下放了個枕頭，將她的大腿撐到最開。她的陰唇翕動，在我的盯視之下暴露無遺，蜜穴口微微張開，準備好要迎接那根鮮美可口的肉柱。我胯下這根就像一隻精力旺盛的獵犬，呼哧粗喘、活蹦亂跳，貼著下腹昂頭挺立，饞涎四濺。

我自己也躺到蘿絲身邊，要她握住我的陰莖，自己放進穴裡，但是我這根太過硬挺，她幾乎沒辦法把龜頭放入穴口。我的那話兒勃起之後的尺寸實在太過驚人，雖然她的蜜縫昨晚已經被撐得很開，今天卻還是容納不了我的巨物。我稍微往後挪，用龜頭在陰唇間摩蹭潤滑，然後才慢慢地往穴裡推進。她動也不動，靜靜地躺著，後來我開始猛力捅搗，兩個人很快又全身酥軟欲化。我插得很深，頂得她下體快感更加強烈，讓她徹底享受昨晚才體驗過的美妙舒暢。

我們還來不及從激情中回神，就被敲門聲給驚醒。我套上一件寬鬆睡袍，很快地打開門，拉烏爾和瑪奈特走進房間。我領他倆到床邊，拉開被子，讓他們探視蘿絲，蘿絲羞紅著臉，一夜承歡之後，早晨的她看來更加嫵媚動人。

我要他們注意看她身上，我說：「看看我可愛的蘿絲，在我從花株上採下那朵紅芳之後，流淌出的處子落紅和愛液就染紅了她的內衣。」

拉烏爾表哥向我道賀。他說他非常高興能夠幫這個大忙，居中介紹蘿絲來陪我，她的確是一朵含苞待放的鮮美玫瑰。還說他真誠地感到開心，覺得多少因為有他在，我才能這麼愉悅地接受啟迪，領略愛慾玄妙中的諸般神祕，同時還有處女愛侶陪我同登巫山、共效魚水。

瑪奈特也向她的妹妹道喜。

「她知道能找到像路易先生這樣的人當情郎的時候，有多開心吶。現在你們已經嘗過彼此相擁時那種幸福無比的感覺，以後在一起一定會很快樂，你們可以好好享受那種歡愉，我相信你們一定會樂此不疲。」

之後我每晚都和蘿絲共度，有時候在她房裡，有時候回我房裡。有時候我不想忍到晚上，就在白天召她進臥房，然後和她同歡。

有一天，我和蘿絲待在我房裡，她橫趴在床腳，衣服撩起，露出身上所有誘人之處任我飽覽。我站在她兩腿之間，手裡握著我的那話兒，我的陰莖非常粗大，很少有人敢誇稱自己那根也那麼巨大。瑪奈特突然闖進房裡。我忘記鎖門了。

她清楚地看到我的巨屌，然後站在那裡盯著我，看得出來它的尺寸令她吃驚，不過看到我忙碌的樣子，她退出房間。

第二章

隔天下午，瑪奈特來找我，請我跟她到她的房間去。她一邊在前面帶路，一邊說：「我有東西要給你看，一定會比你的情人還能讓你開心滿意。」

我跟著她走，一進她的房間，她就鎖上門。我站在房裡往窗外看，瑪奈特走到床後，床周圍的簾幕是拉開的。聽到一下輕緩的腳步聲朝我走來，我轉頭一看，瑪奈特站在我前面，全身赤裸。她撲到我懷裡，緊緊摟著我的脖子，然後帶我到床上，自己在床上坐好。

現在我知道她要給我看的是什麼了。她邀請我共赴巫山，我樂意之至。我脫掉外套和背心，她褪下我的馬褲，掏出我那根並不尖銳但總是雄偉的陽剛武器，然後就躺下來，拉我到她身上。我的老二很快就整根插入，她的肉鞘柔軟淫媚，天生就是為屌而造。在我從她身上爬起來之前，我的慾關精門兩度開閘洩洪，在她體內灌注火燙精流，每一次她都和我同抵高峰，女體裡豐沛的黏稠精華盡洩而出，我倆的大腿上溼潤一片。

從這次之後，我每天都會循同樣的方式去找瑪奈特偷歡，一直到我跟著表兄弟離開城堡。

舅父他們已經待在城堡將近兩週，第二週將結束的時候，舅父宣布說他隔天就要離開前往巴黎，要我打點行李和他們同行。我和表哥、表弟聽到消息之後，決定要竭盡所能善加利用當天的時間，帶著各自的情人到附近小溪岸旁的樹林裡度過整天。

那時是週日早上，我、拉烏爾和朱利安出發前往約定地點，和女孩們碰頭。雖然在敘述我和拉烏爾的韻事時沒有提到朱利安，不過可別以為他從不拈花惹草，差遠了。在拉烏爾和我與瑪奈特、蘿絲兩姐妹尋歡作樂的時候，他也浸淫在瑪麗的溫柔鄉中。瑪麗是擠牛奶的女工，高大健壯、貌美如花，有著深褐色的頭髮，朱利安每晚都偷溜到她的房間。在我們出發之前，三個女孩就先帶著酒和食物過去了。

向三位美人兒問候之後，我們開始布置場地，準備吃午餐。我們在青翠草地上或坐或臥，討論她們帶來的一些美食的迷人風味。酒足飯飽之後，我們開始想嘗嘗她們帶來的其他好料，不過這些是看不見的。

於是，前戲開始了，我們各自將手伸到女伴胸脯，和她們嬉鬧調情，讓她們在地上滾來滾去。可是儘管我們使盡渾身解數，卻頂多瞄到一眼大腿，女孩們連襯裙也不讓我們掀上來，不肯讓我們更進一步。她們說大家都在場，由不得我們胡鬧，還說如果我們不安分一點，就要丟下我們跑走。

我建議大家應該脫下衣服，到溪裡洗個澡。「我們會脫到只剩上衣，再把妳們的衣服也脫掉。然後聽到號令，大家就要把內衣也脫掉。」

年輕小姐們對這個提議有點意見，她們怕羞，不想被其他人看到身體，特別是瑪麗，她來這裡之前從未見過我和拉烏爾。不過我們否決了她們的意見，表兄弟三人脫到只剩上衣，然後各自走向女伴，開始幫她們鬆鈎解帶，褪去連身裙和襯裙。最後女孩們身上只剩內衣，我發號施令：「上衣脫掉。」我們三個脫了上衣，不過一看女孩們，卻發現她們還是穿著內衣杵在那裡。

我看女孩們不肯脫掉內衣，又提議要她們輪流脫下內衣，然後裸身站著，讓三個男人評賞全身上下各個部位，比較她們的迷人之處，願意先脫內衣的人可以得到一只華麗鑽戒。

瑪奈特站出來了。她說來這裡是要和情人見面，好好享樂一番，既然男人們已經脫得一絲不掛，她也不想掃了興致。而且她願意讓我們看看她的身材，一點也不怕羞，因為她有自信，她的修長美腿和甜蜜小穴不會輸給布列塔尼的任何女孩。

朱利安的情人瑪麗身材健美，令我驚豔不已。她有一對豪乳，臀部和大腿格外豐潤，特別是她的迷人屄穴，埋藏在一叢極為茂密的深黑陰毛裡面，垂下的陰毛整整有八寸長，毛叢中兩瓣肥大微翹的鮮紅陰唇若隱若現，看起來淫媚誘人至極。我提議在第一次沐浴之後，我們應該交換女伴，這樣我們每個人都可以試試另外兩個人的女伴。

我的表兄弟同意了。女孩們很滿意這個提議，因為瑪奈特急著想跟我再來一次，想要我深深地插入她的小穴，直抵溼潤皺褶和穴裡深處。瑪麗也很願意，在我欣賞她的身體的時候，她悄悄告訴我，雖然她個子很大，但是她的屄穴很小，不過就算如此，朱利安的小老二進去的時候，還是沒辦法讓她很滿足，而我的幾乎是朱利安那根的兩倍大，她確信如果我願意跟她試試看，一定會發現她比蘿絲更棒。

我帶路下到溪水裡，手中牽著蘿絲，其他人跟在我們後頭。一到水裡，我們就開始肆無忌憚地戲耍玩鬧，想盡各種把戲互相捉弄，把對方從臉到耳都壓入水裡，竭盡所能逗弄刺激對方。我們還假意要伺候美人沐浴，趁機上下其手、摸遍全身，從胸脯開始，掐揑揉搓她們的堅挺雙乳和柔嫩腰腹，摩搓她們的大腿、小穴，無處不撫玩。同時女孩們也如法炮製，在我們身上搓揉愛撫。

水深僅及腰腹，我們站在水裡，慾器怒挺、生猛有力。我環著蘿絲的腰，試著將慾器噴嘴抵入她滴水不侵的熔爐裡，好幫她撲滅爐裡熊熊燃燒的慾火。不過沒有成功，因為我們撐扶不住對方。

嘩啦啦一陣水聲傳來，吸引我的注意，我一轉頭，看到拉烏爾和朱利安各自讓他們的水澤仙女躺倒在溪邊，頭枕在溪岸，然後就地抽插起來。在他們的臀部和肚腹拍擊衝撞之下，岸邊水花四濺。

眼前有人領頭示範，我跟蘿絲實難抗拒。我帶她出水上岸，兩個人坐在樹蔭下的草地上。她跨坐在我的大腿上，雙腿交疊勾著我的臀，白皙柔嫩的肚子和我的相互摩搓。我一隻手恣意玩弄她胸前雙乳，這兩球渾圓堅挺、富有彈性，乳尖好似綴著兩粒紅寶石，另一隻手試著開闢通往情慾港灣之途，讓我的天造陽物得以進入。它翹立在她的大腿間，緊緊抵著她的肚子，好像在要求讓它進駐到那柔媚淫靡的穴鞘裡歇息。那是大自然給予女人的恩賜，而蘿絲擁有的正是世間最為美妙可人的一處。她玩興大起，不停閃避，我試了好幾次都徒勞無功。為了延續飢渴難耐的感覺，她很有技巧地挪騰扭動，讓兩個人體內的熊熊慾火燒得更旺更熾，也讓我加倍亢奮。

我熱烈地吻遍她全身，她的美目低垂，細長深黑如絲的睫毛半遮其上，溼熱愛慾閃現其中，眼神迷離渙散，水汪汪地似乎即將溶化。如茵綠地上，我們在彼此的臂彎中翻滾、纏扭，到最後我將她壓在身下，膝蓋頂開她的大腿，很快就和她緊密交合。感覺愛慾鏢頭已經長驅直入、探往穴內幽深，她屈服了，任我縱情馳騁。短兵相接之後，戰況越趨激烈，她很快就讓我瀕臨危機、一觸即發，同時她自己也再難克制，穴中淫津盡洩而出。

她閉上眼，長聲嬌喘，手腳挺伸，全身微微一顫。我感覺到她緊繃的肌肉一鬆，知道她剛剛經歷的，是女人能享受，或男人能讓女人享受的最舒暢爽快的一刻。

我們仍然迷醉恍惚，未及回神，其他人就走過來。他們在我們的屁股上打了幾巴掌，很快就喚醒我們。

他們一上岸，我們就馬上交換伴侶。拉烏爾選了蘿絲，朱利安和瑪奈特，我跟瑪麗。瑪麗一到我身邊，我就躺在她的美腿之間，臉頰枕在那叢茂密陰毛上，而桃源入口的翕張肉瓣就埋在捲曲毛叢下。

我就這樣躺了好一會兒。我們啜飲美酒，品嘗糖果和蜜餞，玩鬧了一兩個小時，直到我們的熱情再度澎湃，難以抑制。我的表兄弟建議大家再一起到小溪裡，在水中享受女伴的滋味，我猜他們是覺得在水裡幹兩個女孩會更有快感，或者在水裡感覺比較新奇。他們到溪裡去了，不過我和瑪麗留在樹下。等其他人都下水之後，我站起來把所有的衣裙內衣都鋪在地上當成床，再將外套捲成枕頭，讓瑪麗可以舒服地躺著。我邀她共赴巫山。她起身躺到我為她準備的臥鋪上，擺出絕佳姿勢，讓我比較好插入。我溫柔地伏在她身上，她握住那根即將穿陰貫穴的陽物，引導龜頭到了洞口。她讓龜頭抵在陰唇之間以後，我在那裡搓弄挑逗一番，然後慢慢驅柱入洞。我的動作極緩，花了一分鐘才讓巨柱整根沒入，她的小穴十分緊窄，被我粗大無比的陰莖撐得擴張到極致，填塞得滿盈密實。

瑪麗的屄穴很小，真的很小很緊、淫媚誘人。我慢慢地將整根肉棒往外抽，她的緊窄蜜穴卻好像生出一股莫大吸力，讓我全身筋軟骨酥、快感如電如潮。我再往穴裡猛搗，又整根抽出，又再往裡衝撞，直到再也控制不住自己，開始狂抽猛送，每一下都力道千鈞，我倆很快就靈慾一致、淫精盡洩。

雖然我很愛我的小蘿絲，愛她的甜美小穴和她全身上下，雖然我在她姐姐瑪奈特的臂彎裡嘗盡她的成熟風韻、享足豔福，但是經歷過剛剛那種欲仙欲死的暢爽滋味，瑪麗在我心裡，已經勝過她們姐妹倆。

在瑪麗懷裡，我第二次盡情沉溺在溫柔旖旎之中，其他人突然出現，不過我們沒有理睬他們，自顧自地埋頭苦幹，直到雲收雨歇。停戰之後，我們略作歇息，這時又感到飢腸轆轆，就讓三名赤裸的誘人水妖重新準備午餐。滿足口腹之慾以後，我們還洗了個澡，然後才著裝返回城堡。途中我徵求大家意見，詢問晚上是否要像下午一樣交換女伴。

拉烏爾回答說，既然我們白天已經一起度過，晚上也應該待在一塊。他建議我們全都睡在同一個房間，如果哪個女孩想被誰幹，可以表明意願，被選中的男士也要接受，反之亦然。我們全票通過。

晚上十一點的時候，我們在我房裡碰頭，女孩們從別間房裡搬來枕被，然後在地板上鋪好床位。我光著身子在一張草墊上躺平，瑪奈特跑上來在我身邊躺下。拉烏爾打算跟瑪麗試試，朱利安這次跟蘿絲。

我兩度向豐腴的瑪奈特證明我的男子氣概之後，我們再次交換，我又和健美的瑪麗重逢。之後一直到天亮之前，我們各自和自己的情人同床。安排好將來的種種事宜之後，我們沉沉睡去。我睡在我最喜愛的位置，躺在蘿絲的腿間，讓她雙腿跨在我身上，我以她白嫩的肚腹為枕，臉頰貼著蜜穴上方細軟茂密的陰毛叢。

隔天，我們在十點鐘的時候吃早餐，之後我就溜進瑪奈特的房間，發現蘿絲、瑪麗也和她在一起。我分贈三人豐盛的禮物，告訴她們如果忠心守候我，等我從巴黎回來，我就讓她們三個都留下當我的情婦。她們急著要被我再次撲倒在床，但是我只來得及跟一個人做，她們就抽籤決定行前最後一發要讓誰享受。瑪麗抽中了，她在床上躺倒，我脫下褲子的時候，另外兩個女孩脫掉瑪麗的衣服，然後從兩邊舉起她的腿。我穩穩地插進去之後，她們又把瑪麗的大腿也推到我臀上，我靈活地挺動愛慾的活塞桿，很快就讓她達到高潮。半小時之後，我啟程前往巴黎。

第三章

五天之後，我們抵達巴黎。雖然因為先前縱情享樂而疲憊不堪，但我們的體力在旅程中已經完全恢復。

我們在夜裡抵達伯爵在巴黎下榻的旅館。我的表兄弟說時間太晚，來不及向我介紹他們的眾多情婦，於是，我們簡單用過晚膳之後就各自回房，度過正人君子的一夜，至少那晚如此。

次日我們前往皇家宮殿，還在林蔭大道上閒逛。十點的時候，我們到拉烏爾的房間去，坐下來不過一、兩分鐘，三個嬌美女孩就走進來，手上端著托盤，盤上放著香檳和酒糖、蜜餞等糖果零食。拉烏爾要她們把飲料點心都在圓桌上擺好，然後向我介紹三位漂亮姑娘。

介紹完之後，我們在桌邊坐下，飲酒、吃糖，和可愛的女賓們閒話家常。一小時就這樣過去，酒意開始在腦中發酵，我們的色心漸起，只跟迷人女孩玩玩親嘴摸乳這種小遊戲實在無法滿足我們。我們試著得寸進尺，卻被她們拒絕了。我們再稍微試著蠻橫一點，她們乾脆站起來跑出房間。女孩們才走開，拉烏爾就說：

「表弟們別擔心，她們很快就會回來。我們把衣服全脫光，包準嚇她們一跳！」

我們依言行事。拉烏爾要我選一個女孩當我今晚的床伴，這時女孩們又再回到房裡。

這時門開了，女孩們一個接一個走進來，她們身上什麼都沒穿，只裹著層層翠綠薄紗。曼妙胴體在薄紗掩映之下，沒有烏雲遮月之憾，反而益顯浮凸有致。她們波浪般的長捲秀髮垂在肩上，配上薄紗，看來更加清麗動人。驚豔於她們的美貌，我呆站著，直到表哥喚我，我才想到要挑女伴。露易絲這個甜美的小妖精瞥了我幾眼。十八歲的她如花似玉、體態豐腴，身材曲線誘人，雙乳高聳、髖部寬圓、雙股緊翹。她的深藍眼眸如此魅惑，投向我的目光如此熾烈，我立刻選中她。

我一說出露易絲的名字，她就向我跑來，拉開身上的薄紗把我跟她裹在一起。她到我身邊之後，另外兩個女孩也很快投入拉烏爾和朱利安的臂彎。

我們再度坐回桌邊，女伴坐在我們懷中。露易絲儘量偎近我赤裸的身體，她的肥美屁股擱在我的大腿上，豐滿堅挺的奶子抵著我的胸膛，一隻白潤玉臂勾著我的脖子，軟嫩臉頰靠在我臉上，微翹櫻唇黏住我的嘴，熱情如火地吻我。這等豔福，連苦修隱士的靈魂都會被她勾走，但這迷死人的小妖女似乎還不滿足，她分開雙腿，手伸進大腿間抓住我的那話兒。我的小兄弟原先直挺挺地抵著她的豐臀，試圖找個洞，可以讓它把頭鑽進去躲起來。她將它掏出來放到自己大腿間，她的蜜穴已經洩出愛液，溼滑肥美的兩瓣肉唇夾住我的老二。她用龜頭在小陰唇之間摩搓，弄得我興奮難耐，我告訴她，如果不想要我把酒噴到她的大腿上，就得讓我放進去，因為我快要克制不住自己了。

露易絲看到目的已經達成，我被她挑逗到箭在弦上、不得不發，就舉起一腿，以臀為軸扭轉身體，腿再一旋跨過我的頭，她光滑柔嫩的肚腹轉過來貼著我的肚子。她再度握住我的老二，將龜頭放在她的蜜穴口。她原先盤著雙腿，現在墊起腳尖，下身一沉，全身重量壓在我身上，讓我的巨屌整根捅入穴裡，直抵最幽深柔嫩之處。她就這樣套住我上下搖動，我太激動，還沒等她進入狀況就繳械了。不過當她感覺到嫩穴裡有一股熱燙汁津湧入，她的淫液也再次噴洩而出，和我的陽精交融。我們繼續黏在一起，直到我的傢伙逐漸疲軟縮小，從藏身巢穴的黏潤皺褶中滑了出來。

露易絲站起來跑出房間，另外兩個女孩很快也跟著跑出去，我看到她們也像我跟露易絲一樣，和男伴玩了相同的遊戲。她們很快又回來，我們坐著喝酒喝到很晚。

陪伴我的小妖精露易絲實在太迷人，弄得我興奮不已，我提議當晚要徹夜狂歡。我的女伴提了燈，領我去她的閨房，顯而易見，這間香閨是專門打造成一處情慾聖所，在這裡除了愛和慾，其他全都不用做、不用想。我們先將身體最熾熱的部位都用冰水洗浴一番，就又精神一振、鬥志高昂，我抱她上床。我們整晚翻雲覆雨，享盡情慾歡愉。

兩個星期就這樣過去，除了白日裡偶爾溜進兩個表兄弟的女伴房間，和她們偷歡一小時之外，沒有什麼其他娛樂。

終於有一天，拉烏爾建議我接下來幾天不要再和女孩們廝混，因為之後的場合會需要我的飽滿精力。他說要介紹我加入可與《天方夜譚》裡任何香豔場合相媲美的社交聚會，社團裡的女孩全由貴族仕紳所引薦，入會費是一千法郎。他告訴我這裡聚集了全法國最美麗的女子。他一再提醒要我禁慾，不要和我們的任何一個女伴做愛，因為他推薦我加入，我必須表現得讓他臉上有光，迎新時我要和當晚選中的女孩在眾目睽睽之下進行第一回合。

這番對話結束後的第三天晚上，我跟拉烏爾一起到了社團聚會狂歡的屋宅。偌大的宅邸坐落在聖奧諾雷街上，看起來有些陰森。我們到了大門口，門房接待我們進屋。我們先穿越鋪有步道的中庭，爬上一段寬闊石階，表哥向守門人通報姓名後，就領我走過陰暗的門廳，進入左手邊一個裝潢雅致的小房間。我獨自在房間裡等了幾分鐘，他去請審查委員前來。他很快返回，還帶來三名紳士。拉烏爾向他們介紹我，說我很想成為他們的一員。

迎新儀式很簡單，就是我將入會費一千法郎交到他們手上，然後再另付一千法郎當作這棟宅邸的裝修費。

然後他們領我走上另一段寬闊台階，我們被迎入一間更衣室。他們告訴我必須換上宅邸裡的指定服裝，是一件前面有開口的寬大睡袍，穿在上衣外面。

我像他們一樣脫到只剩上衣，服儀很快就合格了。我們被帶到兩扇巨大的折疊拉門前面，門開處一陣喧鬧聲傳來，強烈光線傾洩而出，照得我眼睛幾乎睜不開。我一進房間，就被眼前美侖美奐、豪華盛大的景象所震懾，房中富麗堂皇的程度不下於任何我在童話故事中讀過的描述。這是一間氣派宏偉、空間寬闊的大交誼廳，兩邊各以一排色澤優美多變的大理石柱支撐，多尊大師級雕像矗立在柱間的雪花石膏平台上。雕像皆以最上等的義大利卡拉拉大理石雕成，呈現裸女的各種姿態，可謂優雅和煽情間的極致結合。

雕像的肩上披著一襲薄紗，看來靈動自然，讓人真會以為她們個個皆是有血有肉、活色生香的美人。她們的秀髮如雲、巧奪天工，是仿照各國女子的髮式造型雕成；雙乳塑得圓脹飽滿，引人遐思；再往下看，腿間綴著的微翹陰唇美妙逼真，誘得人忍不住要走上前摸看看是真是假。有些雕像的姿勢幾乎引人發噱。我看到其中一尊裸女像微微屈膝，雙腿張得很開，一根陰莖半插入她的屄穴裡；還有一尊伸手接住從穴裡掉出來的陽具，陽具的肉冠剛巧滑到她的陰唇外，已經在她手裡縮成小小一根。

大廳盡頭有一座噴泉，流動的泉水中添了香料，一股涼爽迷人的馨香瀰漫廳內。壁上繪了古往今來最為淫靡香豔的圖畫，畫中幾乎所有女子都在與男子交歡，呈現各式各樣的姿態和體位。

不過在這間奢華大廳裡，最令人嘆為觀止的是天花板，正中央的主要圖飾呈現一個巨大無比的女陰，以極為精細的色彩繪成，圖上陰唇之間刻有一根粗大男屌，屌上鑲有石塊，其下懸著一具奢華水晶吊燈；在主圖周圍，有無數根長了翅膀的陽具朝著巨大女陰飛去，可以看到有幾根「飛屌」正在向女陰噴射精液。圍在這圈飛屌外面的是一群裸體仙女，她們的姿態像是在追逐飛屌，身體前傾、雙手伸長準備捕捉它們。整幅天花板畫中點綴著金色和銀色的星星，四周還有蔚藍雲彩環繞，看起來壯麗無比。

大廳中央是一張長桌，上面擺滿珍饈佳餚，用來盛裝食物的金銀盤皿和廳內裝潢擺飾風格相似。椅座上刻著擺出種種性交姿勢的裸體男女。除了杯腳作成陰莖形狀的高腳酒杯，桌上還擺有作成女陰造型的缽盆，盆底支架是一雙美腿。此外還有造型各異的花瓶，其中一只特別引起我的注意：花瓶瓶身是一個倒立的裸女，裸女屈膝呈跪姿，雙腳貼著臀部作為花瓶握把，屄穴當作瓶口，瓶裡插著一束罕見的鮮花。

見過在場的男士之後，我花了一點時間欣賞大廳內的諸般美妙，然後就聽到通知說社團內的女神們很快就會進來用晚餐，她們進來的時候，我就要選出最中意的一位，群芳皆可由我任選，因為這裡的男士們不興爭風吃醋這套。

第四章

不久，鈴聲響起，一隊年輕女孩從側門走進廳內，個個國色天香、風華絕代。

我看得如癡如醉，無法想像會有這麼多絕色女子齊聚一堂。她們含笑步入廳中，婉約柔媚的風姿足可顛倒眾生。她們的杏眼生波、含情帶慾，半掩在細絲般的長睫毛後；臉頸的肌膚白淨皙透、吹彈可破，微微染上一層嬌美玫瑰般的嫣紅色澤；如雲秀髮或為烏黑，或為紅褐，或為栗棕，豐盈波浪般瀉落美人香肩，在燈光下搖曳生姿，眩目仿若熔金；身材凹凸有致得簡直過火。她們不是一般庸脂俗粉，而是伊斯蘭教裡的天堂美女下凡。美人已然花容月貌，身上衣飾更讓我看得目眩神迷、心為之盪漾。

有幾個穿著土耳其風格的長袍和寬褲，格外突顯她們的高聳胸脯和圓翹豐臀。

其他人多半穿藍或粉紅色上等薄紗製成的土耳其燈籠褲，裡頭是一件同質料的及膝短襯裙。輕軟薄紗不會遮住曼妙胴體，反而襯得佳人益加玲瓏有致，更添妖嬈風韻。

薄紗之下明顯可見誘人雙乳，波濤起伏的時候，連紗下的嫩紅乳尖都清晰可辨。

從大腿到小腿的優美曲線也清楚可見。不僅如此，就連覆在淫媚小穴上的那一叢捲曲陰毛，還有穴口的鮮紅肉瓣，我都能看到，一覽無遺。

我呆站在那裡，盯著雲集身側的天仙絕色，神魂顛倒，腦中只想著她們的豔麗姿容。直到場內有位男士喚我，我才從春夢綺想中驚醒，他要我挽住其中一位小姐的手，然後帶這位女伴上桌共進晚餐，還說晚餐之後我如果看到另一位更讓我滿意的佳人，可以自由更換女伴。

我依言四顧，傻傻望著身邊群芳。這時有位麗人含笑走向我，她的深色眼眸閃亮動人。她挽住我的手臂，問我願不願意讓她當我今晚的女伴。

我環住佳人的纖細腰枝作為答覆。我將她擁入懷裡，在她的唇上印下無數熾烈的吻，她也以同樣的熱情回報。

長桌旁沒有餐椅，只有一張張的雙人沙發。我們走到桌邊，坐在一張沙發上，開始用餐。

我們才入座不久，先前沒看到的一組樂隊突然現身表演，演奏的曲調極度悠揚煽情。上餐後甜點的時候，橫亙於大廳一端的寬大簾幕突然拉起，露出一個華麗的小舞台，四個女孩在台上表演極盡誘人的舞蹈，春光無限。她們扭腰擺臀，擺出最為靈動妖嬈的姿勢，一足點地旋轉的時候，薄紗裙襬飛揚，肚臍以下連陰部全都展露無遺；甚至伸展雙腿，露出茂密森林中的愛慾聖殿，殷紅陰唇也跟著輕啟，讓人在雙腿張開時得以一窺殿內奧妙。

甜點時間大約持續了一小時或更久，眾人美酒入腹，覺得渾身火熱、興奮不已。信號傳來，女孩們全都離場，為接下來的舞會作準備。我們也留在大廳裡整裝，不過只要脫個精光就成了，只剩腳上還穿著皮鞋。

在此，我必須請求讀者諸君，且容我補述一段先前未曾提及之事，在豪宅中縱慾狂歡的成員全都來自大英帝國最上流的貴族世家，任何一位男士新加入的時候，必須帶一名女性親友一起加入這個圈子，可以是自己的同胞姐妹、堂表姐妹、情婦，或者貌美的女性友人。如此一來，男性成員如果與其他成員的女性親友歡好，就不必擔心會佔人便宜或損人家聲。

自願陪伴我的年輕女孩是德格某小姐，她是葛某伯爵的女兒，也是在場其中一位男士的妹妹。社團成員常托詞要到其他成員府上拜訪，藉此每週聚會一次、大肆行淫享樂。在這棟宅邸裡，禮教綱常全遭禁絕，極致的淫蕩放縱才是這裡的行為準繩。

脫光之後，我們進入舞會大廳，這裡的牆面和剛剛用餐的大廳一樣，繪滿裸身男女。廳裡沒有椅子，牆邊和前後兩端安置著華麗的長軟榻，榻上襯著最柔軟的羽絨墊，鋪有精緻的蕾絲薄布單和絲緞材質的軟罩，榻底裝有彈簧，不過軟榻周圍沒有懸掛任何簾幕，因為在這裡，一切都要當眾進行。

如果舞跳累了，男士可以和他的女伴退到一旁的軟榻上休息，開始男歡女愛的遊戲。

壁上略高於軟榻處裝有托架，架上盛放瓶裝醇酒、幾盤糖果，和其他可以振奮精神的零食點心。

不消多久的時間，我們的女伴就踏著翩翩舞步進入廳中，她們和我們一樣赤著身子，不過香肩上裹著一襲天藍或粉紅色的輕紗。

用餐時我已經相當滿意今晚的女伴，不過現在飽覽她的全裸胴體之後，我更滿意了。她的皮膚白皙，媲美雪花石膏；胸前兩球渾圓堅挺、豐滿結實；肩頭圓潤滑膩，腰枝嬝娜，玉足嬌俏，腳踝之上小腿曲線柔美、大腿穠纖合度，臀處寬圓，雙股翹挺如一對半球。秀髮已經梳理過，柔順地垂至膝後。她的下體覆著一叢茂密的深黑恥毛，有一部分濃黑陰毛下垂服貼在大腿之間，肚臍和小腹上也有恥毛的蹤跡，這片幽深的黑森林掩住了小巧蜜縫，和雪白的肚腹大腿形成美麗的對比。

她一進入大廳就敞開雙臂向我跑來，不過我伸直手臂扶住她，好好打量她全身上下每個迷人之處，大飽眼福，然後才將她緊抱入懷。我們在彼此的臂彎中繾綣許久，肚腹相互摩擦，直到我的胯下龍陽開始在她的大腿間摩蹭肆虐，巴不得找個熱情好客的休憩之處，讓它躲進去掩飾自己的粗魯無禮。

我感覺到她雪白柔嫩的肚子在我的腹上搓摩，愛慾泉源外的那叢捲翹茂密抵著胯下怒挺的慾棒，體內有一股興奮感油然竄起，要不是她攔住我，我可能就要放虎出柙，讓胯下傢伙進到掩藏在她大腿間的陰暗小穴裡尋幽訪勝。

我不知該怎麼壓抑持續高張的慾火，只好滑進她懷裡，跪在地上伸手撥開她絲滑光亮的陰毛，紅嫩陰唇露了出來，看起來嫵媚誘人，我在這處情慾聖地種下熾烈如火的吻。

樂聲響起，已經沒有時間讓我繼續玩鬧，她領著我入列起舞。

跳完第一支輕快方舞之後，我帶她到一張長榻邊，自己躺下來以後，也拉她到我身邊。要不是她再次阻擋我，我可能又會面對兵臨城下的難關。她說按照規定，我們得親身上陣，在所有人圍觀之下，到房間中央的特製豪華長榻上完成我們第一次的肉搏戰。

不久之後，我聽到有個小鈴響了一聲，隨即走進四位男士，他們推來一張花梨木製的長榻，榻上鋪著上好亞麻布單，再罩上一層布魯塞爾蕾絲巾布。

其中一位新人審查委員是德格某小姐的哥哥，他走向我，領我到長榻邊。三位在場的小姐簇擁著德格某小姐，讓她仰躺在長榻上，然後轉緊其中一側的螺絲釘，啟動長榻裡的彈簧機關。德格某小姐俏臀下的那部分榻墊升了起來，她的身體被撐成弓型，臀部比頭和腳高出至少一呎，肚腹和大腿等最靠近下體那道甜美肉縫的部位也同時被頂高。

三個女孩將一切都打點妥當之後就退到後面，男士們把我扶到德格某小姐身上，她要陪我完成這項甜美的苦差。她將雙腿撐開到極限等我插入。

我在她身上舒適地趴好之後，男士們用橡膠皮帶把我們綁住固定，皮帶穿過整張長榻，將我們緊緊縛在榻上。

我很快就發現這麼做確有其必要，因為長榻裡面裝了非常強力的彈簧，我只要輕輕一動，產生的彈力就算沒有將我彈出長榻，也會讓我從女伴身上摔下來。

躺在我身下的親親小美人伸出兩腿勾住我的背，又伸手緊箍住我，表示她已經準備好要打這場美妙的肉搏戰了。

看到她擺出這樣的姿勢，擁她上榻的女孩們再次上前，其中一個用指尖撐開德格某小姐的陰唇，另一個握住我硬梆梆的那根，讓龜頭對準穴口，指引它往穴內挺進。不過我實在太興奮激動了，我的陰莖勃起腫漲到前所未有的程度，赤紅的龜頭腫得老大，她的桃源洞口又太小太緊窄，龜頭根本進不去。

試了兩、三次都徒勞無功，握住我的粗大活塞桿的女孩把我的腰臀推離德格某小姐，然後一頭鑽到我的大腿間，含住我的巨屌舔弄起來。用唾液徹底滋潤整根肉棒之後，她才放開它，再次引導它到熔爐入口，裡頭已經慾焰熊熊，等不及要整根生吞入爐。我讓龜頭在穴口就位穩住，然後用盡全力一捅，整根陰莖直直沒入她的體內。

我倆的下體猛烈地撞在一起，衝擊力道太大，我胯下那兩顆巨石也撞在她肥嫩的屁股上。我這樣撞下來壓住她，連床榻裡的彈簧都被壓扁，彈簧再度彈起的瞬間，我們被頂得飛起至少三呎高。彈簧的設計會讓床榻頂得身體凌空彈起。

現在我覺得自己是全場的主宰，我利用在上位的優勢，對著她一輪狂插猛捅，床榻彈力會讓她彈飛起來迎合我，我們的身體狂烈緊密地結合在一起，力道之猛讓我們全身顫抖。

四周的圍觀者頻頻向我們喊話，評論讚賞我們的表現，比如：「哦，天啊！這一插可真大力。」「他這一捅直入花心，幹得漂亮。」「看他們身體密合的樣子，多麼美妙。」「好雄偉的大屌，底下兩顆卵蛋又大又硬，撞在她的屁股上真是過癮。」諸如此類。

「啊，德格某小姐，我好羨慕妳哦，可以用妳那個貪心的無底小洞，把這麼俊俏的蛋蛋和粗壯的肉棒全都吞下去。」一個活潑的妙齡少女這麼說，她放開男伴的手臂，靠近長榻，想要好好觀賞我這台生猛有力的抽插機器，似乎令她浮想聯翩起來。「噢，真迷人！」她彎下腰看清正在運作的機器全貌之後讚嘆道。「看看這匹驃悍駿馬，勒馬回頭的時候汗水蒸騰，還有全力向前衝刺的時候汁液泡沫四濺的樣子，就這樣往勝利瘋狂奔去！」她興奮得握住我的胯下兩粒，輕輕捏了一下，我瞬間瀕臨潰堤危機。

我最後使勁一捅，然後就趴倒在女伴的豐乳上大口喘氣、渾身顫抖，一股靈慾愛精激射而出，淹沒她穴內幽微深處。

在我猛烈戳捅的時候，我的女伴毫不退避，她和我同樣慾火高張，瘋狂地挺腰迎合，回報我的每次衝撞。她感覺到我射入她體內熱流的滾燙，也同時跟上，穴裡水閘乍開，渾身精魄化為滾滾淫津狂洩而出。從她體內流淌出一股晶瑩清透的春潮精華，從沒有其他女子能如她一般。

我們幾乎失神暈厥，有好一會兒都不省人事，等到回神的時候，綁住我們的皮帶已經被解開了。

我站起身，扶起德格某小姐。她在地上站定的時候，大滴大滴的淫精愛液滴答落在她腿間，足證我們剛剛投入歡愛的旺盛精力和如火熱情。

因為我剛剛全程表現威風十足，大大發揚男性雄風，男士們紛紛向我道賀。

我的女伴也獲得其他佳人的讚譽，她們很羨慕她的好運，可以有我這樣的優秀男伴。

然後我就帶著我親愛的美人到旁邊一張長榻上，兩個人休息了一會兒，喝酒吃點心，同時重整旗鼓、恢復精力。

我還顧廳內，看到每張長榻上都有一對，正在玩我們剛剛結束的肉搏遊戲。

我和我的美麗女伴站起來，一同在廳中漫步，觀察其中幾對不同的性愛姿勢和風格。

看到這麼多美人同時被男人抽插，我感覺身邊的女伴應該也要加入她們的行列才對，就領她回到長榻上，再好好幹了她一番，累得她之後足足半小時站不起來。

大家沉溺在情慾歡愉之中，之後雲收雨歇。不久，兩名僕侍走進廳裡，他們端著托盤，上面盛著小杯熱可可，裡頭加了香料，喝了之後會精力百倍，可以再到愛慾競技場裡奮戰十餘次。

今晚唯一要做的就是幹。

我想世界上從來不曾出現這樣的景象，這麼多人同一時間幹得翻江倒海、驚天動地，這麼多根英偉雄壯的粗屌抽插這麼多個嬌媚淫豔的小穴，每個蜜穴都被塞得滿滿的，這麼多女人同時承受這麼豐沛的雨露甘霖，滾滾精流由四面八面而來將她們浸透淹沒。

淫靡狂歡的氣氛越漸濃厚，特製熱可可開始發揮壯陽威力。女人們在地板上扭動抽搐，在極度興奮中緊夾迎合、淫啼浪叫。

你如果明天去拜訪這些貴族小姐，她們會在客廳裡接待你，一派嫻靜矜持、貞潔端莊。但現在她們嘴裡開始吐出最為齷齪不堪的字眼。

大家的情緒越來越激昂。美人們儼然成了酒神女祭司，她們豪邁痛飲各種最為催情動性的烈酒。

她們突然一把扯下長榻上的被褥鋪在地板上，拼成一張大床，所有人都可以躺在上面。

喧鬧聲漸增。

這邊可能是兩女爭一男，手段溫和。

那邊是兩男搶一女，最後兩位男士各自為火燙陰莖找到位子，一個插美人的小穴，另一個同時插她的後庭菊蕾或櫻桃小嘴。

眾女開始尖聲喊叫、追在男人後面，她們自己臥倒在地上的大床，然後把男人拽到她們身上。

全場氣氛熱烈無比，我的可愛女伴也跟其他人一樣盡情投入。在眾女裡面，她應該可以算是跟男人打得最火熱的，在她的嬌軀裡春津氾濫如洪，誘得她如癡如狂，在我的懷抱裡繾綣糾纏，身上所有部位輪流在我身上摩蹭，還吻得我幾乎喘不過氣來，不只這樣，她還在我身上使勁掐捏啃咬，情動春發到了極點，口裡不住喚我親親寶貝好哥哥，要我摸她、幹她、舔她，竭盡所能讓她滿足。

她擺出各種最為煽情的姿勢，手臂美腿緊纏著我，說著最為淫蕩下流的字眼，邀我和她同享歡愉。她向我細述自己身上每個部位的迷人之處，誇稱她那對豐滿的奶子多麼堅挺傲人，伸手又揉又捏，又講到她雪白柔嫩的肚腹，再描繪小穴的種種妙處，說穴裡的肉褶滑潤多汁、暖熱豐美。她轉身俯臥，露出臀上滿月般白潤的兩團嫩肉，要我從後面上她。她張開大腿，屈膝勾腳抵住屁股。

在她做這個姿勢的時候，我突然想到一招，決定付諸實行。

我仰躺下來，雙腳放在她頭那端，我們兩個的臀部前後相對。我的陰莖現在又直又硬，像一根柱頭鮮紅的象牙柱。我要女伴把腿放到我身上，她這麼做的時候，我的攻城巨錘剛好對準目標，她任憑錘頭長驅直搗入城。這個做愛方式很新奇，不過在場有幾對的體位姿勢也同樣新穎。

社團主席要求大家肅靜的時候，一眾酒神祭司的狂歡動作暫時停下幾分鐘。主席請眾人投票決定是否要熄掉廳裡所有燈火。

看到剛剛發生那些事，我覺得這麼做有些反常，就開口詢問我的美麗女伴，她的回答為我釋疑。她說每次聚會時有一個鐘頭，所有成員不分男女，會卸下身上所有飾物，女性連頭上的髮插都得拿下。接著，全部的男士會退到另一間房裡等待片刻，女士會把廳裡的燈火全部吹熄，不過會在壁邊小櫥留一盞燈。鈴聲再響的時候，男士們會進來，他們剛剛的女伴會和他們混在一起，讓他們再度沉醉於溫柔鄉中。

這時無論男女都不能再開口說話，也不能悄聲低語，免得互相認出對方的身分。先前身上不管戴了什麼飾物都得取下，也是基於同樣的理由。如此一來，至親手足如果湊在一起，就不會因為穿戴的手鐲、戒指或其他飾品認出彼此。

投票表決完之後，一切如同前面所述。

我們再度進入大廳的時候，裡面漆黑一片，有名僕役從外面將門鎖上。我們在黑暗中跌跌撞撞地摸索，然後碰上女伴們，她們投進我們懷裡，一片混亂中，眾人很快跌倒在地。

我抱住一個豐腴的小仙女，然後摸索著走到角落的一張大床，讓她擺出方便我進入的姿勢。就算漆黑無光，我還是順利尋得桃源蜜穴，開始盡情享受身下的美人兒。

哦……眾神在上！我那根被她的嫩屄緊緊夾住。我的活塞桿在她的活塞圓筒裡進進出出，筒裡的溼滑肉褶吸得我爽快極了。我每次衝撞，她都使勁挺腰迎合，真是舒暢！噢，在我緊擁她入懷的時候，她還毫不保留地在我的雙頰雙唇種下如火般熾烈的吻。胯下陽關即將失守，我抱住她一同躍入慾海潛泳。

我躺在她身邊，不顧圈裡的規定，悄悄告訴她我的身分。一片黑暗中，我問她先前有過什麼情慾體驗。

她告訴我之前有一次聚會，廳裡的燈火突然被點亮，她發現自己躺在異母兄弟的懷裡，還說她也很常碰到她的表兄弟。

她說她也知道有幾對親手足，還有不少對堂表兄妹或姐弟，都在性愛遊戲中認出對方，不過燈亮的時候，他們不但沒有分開，反而繼續玩到遊戲結束，而且完全投入，彷彿對方只是陌生人。

她說為了充分享受愛慾帶來的歡愉滋味，就必須拋開一切禮教束縛，男人是為女人而生，女人是為男人而活。如果問她，她覺得誰演男主角都一樣，最重要的是幹得好、幹得兩人都舒暢。

她的舉動在在證明她的淫蕩大膽在眾女裡算是數一數二。她玩遍我全身，以我的大腿為枕，把玩我胯下兩顆大石，不讓自己的陰唇善盡含夾陰莖的天賦，反而張開櫻唇吞含它，還用舌頭撩撥龜頭，試著喚醒它，讓它再振雄風。她使盡渾身解數，想讓它恢復元氣。挑逗成功之後，她投進我懷裡，仰躺在我身上。

我的大傢伙現在直挺硬翹、威風凜凜，龜頭抵住壓在我身上這位美人的雪白大腿之間，它凶猛地撞擊穴口，要求進入那隱祕的愛慾閨閣。美人用指尖推開緊閉的閥門，露出深不見底的嫣紅肉洞。龜頭一進洞，我就放任胯下龍陽恣意衝撞刺捅。我再次淪陷在極樂汪洋之中，這是那天晚上第七次。

大廳裡還有很多絕色麗人在尋索男伴，她們先和這位男士共效魚水，再跟另一位男士纏綿一番。我可以再找任何一個佳人，但是我很滿意現在的女伴，所以還是待在她懷裡，臉頰枕在她胸口又大又圓的一團嫩肉上。她雙臂環著我，兩個人腿足交纏。

我就保持這種姿勢沉沉睡去。

醒來的時候，廳裡燈火閃耀、一片明亮。我發現睡著之前抱著我的女孩正和躺在附近的一位男士激情肉搏。

我們胡天胡地，直到天光將現，才著裝後各自離開，取道不同路徑返回自家宅邸。

到住處之後，我匆匆回房。這一晚運動太過激烈，我渾身無力，憊極睡去，醒來的時候已經下午三點。

第五章

正式加入社團之後，只要有狂歡聚會，我一律出席，我們每週都會換些新花樣。

每一次參加聚會之後，我對瑟蕾絲汀就越加著迷。瑟蕾絲汀是在迎新夜最後和我歡愛的美人兒，我對她傾心不已，決定要無所不用其極獨佔她，讓她留在我身邊。

瑟蕾絲汀是盧某侯爵的女兒，在社團裡的花名是「愛慾玫瑰」，我之後也會這麼稱呼她。

她舉手投足之間，兼具女性獨有的優雅風韻和妖嬈魅力。

她有一雙小巧誘人的金蓮，暗示她下體那道甜蜜肉縫極度緊窄狹小，這誘人處所就在一雙成熟豐美的大腿之間，托著肉縫的是圓潤挺翹的肥臀，雙股高聳緊實、曲線誘人。她的頸項修長如天鵝，腰枝纖細如林中仙女，肚腹細白柔軟如一團新雪；小嘴裡兩排皓齒白若象牙，嫩紅雙唇微翹，兩頰軟嫩綿柔有如熟透蜜桃，如絲長睫下的深色眼眸脈脈含春，雙瞳中情慾火苗熠熠閃動。她一頭紅褐色的長捲秀髮波浪般垂落頸肩，半遮住白膩有如雪花石膏的酥胸，胸前兩點硬挺嫩紅嬝美玫瑰蒂蕾。真可謂「完美」化身。

某次聚會結束後隔天，我收到從聖彼得堡寄來的一封信。這封信不僅帶來父親死訊，信中還希望我能立即前去處理後事，將父親的遺體運回法國。

唔，我們父子間聚少離多，我對父親本就沒什麼感情，再想到自己馬上可以繼承他的大筆財產，連些微失怙之痛也被歡天喜地的心情取而代之。我興高采烈，不過我不想離開溫柔鄉，也不願和我的愛慾玫瑰分離。

收到信之後，我立刻前往德列某旅館。我向女侍表明要與瑟蕾絲汀會面之後，女侍帶我進入客廳。

女侍回來請我進入小姐的臥房。我打開門，走了進去，發現她倚在沙發上，衣衫半敞、嬌媚慵懶。她的頸項赤裸，上身的衣襟敞開，酥胸半露，一腳擱在沙發上，另一腳放在繡花腳凳上，裙擺撩至膝上，展露小腿的優美弧線。

我鎖上門，將信件內容唸給她聽，告訴她我不願和她分開，求她離家陪我一同遠行。我還告訴她，等我們回法國，我會將布列塔尼的城堡打造成一座金碧輝煌、具有東方風情的後宮，我們就住在裡面，享受愛慾帶給我們的各種歡愉，過著專屬富豪的奢華生活。

她稍微嘀咕幾句之後就同意了，我讓她去打點明天出發所需的行裝。旅途中瑟蕾絲汀會穿著男裝，扮成一名僕役，所以我必須找一名忠心的僕從幫忙準備適當的衣服等行頭。

晚上八點鐘的時候，僕從將一切都打理妥當。瑟蕾絲汀托詞要參加舞會，到我的房間裡住了一夜，我們準備天一亮就出發。

穿上男裝之後，瑟蕾絲汀成了個俊俏的小伙子，因為有「他」，我們在旅途中遇上不少趣事。

我們在邊境的一個小鎮歇腳，我讓鎮長先生看過護照之後，他就堅持要邀我們到他家過夜，我只好同意。

鎮長是個灰髮老頭，大約六十歲，頭頂微禿。我們到他家的時候，他要僕人通知鎮長夫人，說樓下大廳裡有訪客，希望她能下來見客。

幾分鐘後，一個很迷人的妙齡女子走進房間。看到夫人還這麼年輕，我們雖然有點驚訝，心中倒是暗暗開心。女子粉臉紅潤、神采奕奕，年紀大約二十出頭。

她整晚都用幾乎輕蔑的態度對待丈夫，而且頻頻向瑟蕾絲汀拋媚眼，我看得出來，她和鎮長是在權宜之下結合，現在只想找機會擺脫她丈夫。所以我下定決心，只要有機會，就要為鎮長的禿頂戴上綠帽，回報他的熱情招待。

晚上進房休息的時候，瑟蕾絲汀告訴我她和鎮長夫人已經約好了，夫人打算在丈夫就寢前要喝的酒裡下藥，這樣她就有十個小時可以自由運用，只等丈夫睡下，她就會到瑟蕾絲汀的房間來。

我要瑟蕾絲汀換好睡衣到我的床上去，然後自己進了她本來要睡的房間，全身脫光，在黑暗中等待貌美的女主人前來。

等了一小時以後，我聽到輕巧的腳步聲朝房間這邊移動，門開了，夫人走進來，悄聲喊著瑟蕾絲汀的假名「魯道夫」，然後走到床邊。我將門拴上，一把抱住她，發現她跟我一樣全身赤條精光。我親她的時候，因為嘴上有鬍鬚，馬上被她發現我不是她要見的人。她以為自己弄錯房間，輕喊一聲，然後用力扭動想掙脫我的懷抱。

不過我緊箍住她光裸的腰，然後拖她到床上，將實情和盤托出，告訴她魯道夫其實是我的親密愛人喬裝扮成。

安撫好驚慌失措的美人之後，我點燃桌上蠟燭，仔細審視她的美妙胴體。我在她身上又親又捏，特別照拂她肚子下面那道最迷人的毛茸肉縫，我發現她比我晚餐時預想的還要熱情。

在我的搓揉撫弄之下，她根本無法抗拒，很快就放任我為所欲為。遊戲越來越刺激，前戲玩得差不多了，我讓她轉過身背對我，胯下矛器一鼓作氣插進暖熱多汁的肉壺裡，再請她飽食一頓從前淺嘗即止的濃潤盛筵。

那晚我和她進行了五回合的肉慾激戰，搞得她筋軟骨酥、飄飄欲仙，五度昏厥。鎮長夫人告訴我，她以為這樣的舒暢爽快只會出現在想像之中。

遺憾的是，鎮長夫人在破曉時分就得向我道別，回到熟睡的丈夫身邊。鎮長的頭上多了一頂綠帽，目前當然只有一頂，不過未來很有希望開枝散葉，出現更多更大頂的綠帽。

離開臥房之前，她要我承諾回程時會再來看她。

早上吃過早餐以後，我誠摯地向鎮長道謝，感謝他如此好客，還向他保證我在他府上受到的招待格外熱烈，遠超過我原先的期待。

我叫了馬車，帶上僕役，取道維也納。

我們在兩週之後抵達聖彼得堡。在那裡將一切打理妥當之後，我決定花一兩天玩樂一下。

我受邀參加一場皇宮舞會，在舞會中結識蘇某伯爵夫人，她是宮廷中最有名望的美人之一，也是聖彼得堡社交界的首席名媛。

伯爵夫人卡洛琳是寡婦，但她才二十三歲！她二十歲時嫁給蘇某伯爵，但是婚後大約一個月，伯爵就在決鬥中被一個英國佬刺殺。

伯爵夫人架子很大，驕矜貴氣可比天后朱諾。她的鵝蛋臉和豐美身材令我深為傾慕，我決意要得到她。

我和她閒聊，發現她很開心有我這樣的友伴，我想她要是有我當她的床伴，肯定會更開心。

蘇某伯爵夫人雖然很有名望，但她犯了俄國人都有的毛病，她嗜飲白蘭地，而且真的喝很兇。所以當我知道她住在一間很大的宮殿裡，裡面除了她以外，只住了一些服侍她的農奴，我決定當晚就要得到她。

我一直慫恿她多喝點，到了深夜，她已經興奮到控制不住自己了。我整晚都陪在她身邊，才能在舞會結束後委婉請求她讓我擔任回程的護花使者。

離開舞會的路上，我逗得她眉開眼笑。走下皇宮台階時，我問她能不能讓我送她回家。小美人這時已經喝得頭昏眼花、醺然欲醉，她馬上就答應了。

我扶她上馬車，請車夫駛快一點，我們一下子就到了她的宮殿。

下車的時候，她邀我進去，正是求之不得。她帶我走上一道寬闊台階，進入她的私人會客廳。她實在喝了太多白蘭地，幾乎搞不清楚自己在做什麼。

伯爵夫人脫下女帽和披巾後搖鈴喚人，兩名侍女走進來。她說要告退幾分鐘，然後就帶著女侍回到臥房裡。再出現的時候已經換了衣裳，穿著喀什米爾羊毛製的輕軟寬鬆袍子。

她要女侍送來宵夜和白蘭地酒，然後就要她們退下。看到這麼晚了還有男士獲准進入客廳，女侍們離開的時候都一臉驚訝。

我把握時機，拿出隨身攜帶的一個小藥瓶，在一杯白蘭地酒裡加了幾滴瓶內的液體，然後拿給夫人。她一飲而盡。

這杯酒像液態火焰一般在她的血管中流竄，讓她心跳加速、眼神散發色慾火光，強烈春情在她全身蔓延。

我將坐椅拉到她旁邊，在她耳邊喁喁傾訴火熱浪漫的愛情故事。我環住她的腰，發現她一點都不推拒之後，又將她摟入懷中，在她雙唇印下無數的吻，親得她喘不過氣。

只消一分多鐘，她連人帶心都奉獻給我。她抱住我，熱情地親吻我作為剛剛吻她的回報。

我擁著她站起來，將她抱到臥房裡，床就立在房中的隱蔽處。我褪下她的衣袍，脫到她身上只剩一件連身內衣，自己也脫個精光。我輕柔地吻了卡洛琳一下，然後脫去她的連身內衣，她身上神祕的性感部位展露無遺。

我帶她到床邊，手指在她背上輕彈慢揉，很快就沒入那道最幽深的隙縫，那是我遇過最緊窄淫媚的嫩穴。

她在我的愛慾鏢頭凶猛刺戳之下迎合承歡，她的春情慾火燒得如此熾旺，腰臀扭挺起來如此有力。

情緒逐漸亢奮，戰況益趨激烈。老天！好緊……好棒……好爽！噢，我的床伴真是精力充沛，我每次激烈抽送她都能迎合！我好像沉入極樂汪洋，她蜜穴裡的肉褶溼滑、緊窄暖熱，妙不可言！眾神啊！我那根箭矢粗硬堅挺，不知往她那敏感箭筒裡的溼滑嫩肉戳插了多少次！我快要忍不住了！我們的唇黏纏在一起，盡情吮吸品嘗彼此的舌瓣，她的紅唇好甜好暖，齒間愛憐的輕咬是這麼淫靡煽情。我倆的唇舌火熱扭纏，互相尋索、浸潤、糾結，短暫抽回又再度緊接。

我在她身上最後一挺，滾滾洪流從愛慾寶庫中洩出，滾燙精液湧入她的蜜穴最深處，同時白透瑩潤的珍貴春水也沿著她的大腿流淌而下。

卡洛琳不像我的愛慾玫瑰那麼靈動活潑，她的動作慵懶但更加淫媚。我將她的身體翻來覆去，摸撫搓揉每個地方。我再度吻上她的唇，熾熱的吻覆蓋她全身，特別是小穴口微張的肉瓣，已經被我注入她體內的歡愉泉液浸潤得溼滑黏膩。

火苗冒出、火焰熊熊燃起。我們相擁交纏，在彼此懷中繾綣纏綿。胯下駿馬不屈不撓、毫無倦意，第六度疾奔猛跳衝向勝利標的。狂風暴雨之中，精液奔流如急湍，但怎麼也沖不滅我倆體內的熾旺慾火。

第二天早上醒來，昨晚的疲乏已經一掃而空。我再次端詳迷人床伴的嬌美身軀。她揉搓我的綿軟陽具，讓它挺脹成英挺雄偉的肉柱。我玩弄她胸前那堅挺誘人、白潤如雪花石膏的兩球，乳尖兩點玫瑰花蕾嬌豔嫵媚，我捧著雙乳又揉又壓，吸吮乳頭的同時我又慾火高張。

我讓她趴在床上，大腿張開，然後挺動我的粗硬鏢頭，直捅入蜜穴最深處。我們再度同飲愛神慾泉，盡享甘甜滋味。

和迷人的卡洛琳分別之前，我承諾對她的愛此生不渝，然後才匆匆返回住處。

我將前晚經歷全告訴瑟蕾絲汀，還歷歷描繪卡洛琳．蘇某夫人那身溫香軟玉，和我在她那裡享受到的歡愉激情。

這可有點惹惱我的法國愛人，不過在我開誠布公、坦承我的計畫之後，她終於願意接受我的提議。我告訴她我打算翻修古堡，飾以異國蠻族所用的黃金和珍珠裝飾，然後將所有令我神魂顛倒的絕色麗人全部帶到堡裡，不對，應該是全部誘拐到堡裡，古堡會有忠心可靠的侍從看守，警衛森嚴，媲美蘇丹後宮。

我還說會讓她當古堡的女主人，名正言順統御後宮，而且我知道她很貪心，就向她保證，她以後隨時可以品嘗她心心念念的那根肉棒。我告訴瑟蕾絲汀我要去找那個俄國美人，會在卡洛琳那裡過夜，交代瑟蕾絲汀趁我不在的時候整理行裝，只待我一聲吩咐，我們就立刻啟程。

我在晚間前去拜訪卡洛琳，一名僕侍馬上帶我去見她。她在一間金碧輝煌的浴室裡，正在注滿牛奶和芳香花水的浴盆裡泡澡。

我在大理石浴盆邊放上軟墊，在盆邊坐下來。我提議要她離開俄國，跟我回到法國。我向她描繪我們未來住處的富麗奢華，告訴她那個地方將會充滿情愛歡愉。

我還細數各式各樣的花招遊戲，說我們可以日以繼夜耽溺其中、盡情尋歡作樂，不會被任何人打擾。

我描述的愛慾生活無限美好，大大引起她的興趣，她馬上答應跟我們一起走，在此就不用贅述。我說「我們」，因為我告訴她我已經有瑟蕾絲汀了，我也向她坦承，每個令我傾心的女人，我都打算佔為己有。

卡洛琳馬上就沉浸在我提議的情境裡，她要我答應明晚帶瑟蕾絲汀來她宮裡，這樣我們三個人當晚就可以同床共枕。

我和穿著男裝的瑟蕾絲汀白天乘馬車在聖彼得堡遊逛，天黑之後才到伯爵夫人府上，我們馬上就被迎入我先前提過的那間會客廳。

我們進去的時候，卡洛琳斜倚在沙發上，衣襟半敞、姿態妖嬈。她沒有起身迎接我們，只是敲響身旁的銀鈴，兩個女孩走入，擁著瑟蕾絲汀進了臥房，一進去就是半個鐘頭。

瑟蕾絲汀回到會客廳的時候，我看到她身上的一襲衣裝，不禁訝異，竟和卡洛琳身上那套同樣華美動人。瑟蕾絲汀一進來，卡洛琳就起身擁抱她，對她的美貌讚不絕口，欣賞她的曼妙身材，還喚她好姐妹，殷勤萬分地招待她。

我問我的俄國美人，這套給瑟蕾絲汀穿的衣服是怎麼弄來的，卡洛琳說她是根據我對瑟蕾絲汀的描述請人趕製的，因為她不想在瑟蕾絲汀面前刻意炫耀容貌身材，利用對方的姿容被男裝遮掩這點佔上風。她邊說邊打開一個匣子，拿出一頂鑽石冠冕戴在瑟蕾絲汀額上，冠冕上全是光澤最為純淨的鑽石，在她的頸上戴了一串珍珠項鍊，接著又在她衣服前襟別上一大朵經過明亮切工製成的鑽石玫瑰，要她收下當作姐妹間的見面禮。

瑟蕾絲汀從指上褪下一只切工優美的大鑽戒，贈給卡洛琳作為友誼信物，還請卡洛琳原諒她現在一時窘迫，收了那麼高雅的禮物，身上卻沒有任何更珍貴的東西可以當作回禮。

我們都在會客廳裡，女僕就在這裡呈上餐食。為了慶祝這個特別的夜晚，貪好酒色的卡洛琳特地交代下人好好準備，我們享用了一頓豐盛美味的神仙盛宴，吃的每道佳餚都經過精心調理，喝的是最能催情助興的香醇美酒。

上甜點之後，我再度將計畫向兩個情婦和盤托出。

卡洛琳說她需要一週的時間準備，因為她的鉅額財產中有一大部分是現金和珠寶，她會交給我，讓我以最妥當的方式處理。她說她這次離開，我必須安排得神不知鬼不覺，如果被她的哥哥們知道消息，無計可施之下，他們肯定會用暴力手段強迫拘留她。

豪飲多杯之後，我的兩個美人全都亢奮起來，開始推搡打鬧，推我在地上打滾，還跌在我身上。她們的衣衫凌亂，展露無限春光，這邊別針鬆了，玉乳半露、肌膚勝雪；那邊襯裙飛起，露出來的可能是曲線優美的小腿、圓潤如玉的膝頭，或是緊實性感的大腿。

這樣的嬉鬧調情持續不了多久，因為她們被撩撥得慾火更熾，雖然親親小嘴、捏捏大腿頗能助興，可以挑動她們永不饜足的胃口，但是她們開始渴望更精實有力的接觸。

我一躍而起，衝向臥房，兩個可人兒追在我身後，她們的眼眸中閃著淫慾之火，胸脯劇烈起伏，豐乳彈跳抖動。

我躲進床底，她們拖我出來，剝光我的衣服，溼熱唇瓣吻遍我全身，我胯下那根測量連桿翹直筆挺，受到的待遇特別優渥。

她們脫得一絲不掛，要我當裁判，評比看看誰的身材比較標緻誘人。她們站在窗間鏡前搔首弄姿，搓揉自己的雪白雙乳和嫣紅如草莓的乳尖，撥撫兩片迷人的微翹陰唇四周捲曲帶光澤的恥毛。兩個麗人的氣質雖然不同，但都是性感美豔和優雅風姿的完美化身，難分高下，我索性恣意欣賞，想到自己能獨擁雙姝就覺得幸福無比。

不需用緊身胸衣托高，她們胸前就已波濤洶湧，乳丘白嫩如兩球雪花石膏，我抓住淺紅色的乳頭，盡情吸吮，腹部緊貼她們的柔嫩肚腹，在她們全身上下狂吻。我的唇先落在毛茸茸的陰丘之上，下方就是滋味無比美妙的桃源祕洞，接著又舔弄掩住肉縫口的陰唇。我體內的慾火熊熊燃燒！三個人到了床上，我想要馬上推桿到底，但是她們不肯就範，反而想在我進去之前就弄得我快到爆發的臨界點。

瑟蕾絲汀抓住我的老二，一時之間卻沒法把它塞進小穴，她不想白白喪失機會，就張嘴含住它，她吸吮紅亮的龜頭，還伸出舌頭在上面繞圈打轉。我爽到簡直快昇天了。沒人攔得住我，我飛撲到卡洛琳身上，她張腿伸臂接住我。我飛快地將火熱肉柱插進她的火爐裡，肉柱立刻被吞沒。我瘋狂抽送了幾下，力道剛猛，很快就抵到她的花心深處，我們同時浪叫出聲，一回合結束。

不過我們太過亢奮，一直到我感覺到卡洛琳再度挺腰迎合我，我們才發現剛剛已經高潮過一回。真是銷魂！她已經筋軟骨酥、渾身暖熱，兩片豐俏臀瓣在我的抽插之下彈跳擺動。瑟蕾絲汀這個小妖精，還從旁玩弄我胯下那兩顆頻頻撞在俏臀上的巨丸。

忍不住了……我一洩千里，然後趴在卡洛琳胸前粗喘打顫，身下的她淫叫不斷：「噢，天啊！再插進去一點！要了……要到了！噢……噢，天啊，我要死掉了！噢，親愛的，好……好……好……爽啊！」

她昏死過去，臀部還左扭右擺、蜜穴裡痙攣收縮，吸到我連一滴都不剩。

高潮之後，卡洛琳整個人陷入迷離狀態，她回神之後還是躺臥著，雙眼半睜，慵懶嫵媚的光芒閃現，紅唇輕啟，兩排貝齒之間丁香小舌微露，好一幅春情爛漫圖。

我庫藏的慾液精華盡洩在她體內，洶湧盛大，和她的淫液愛津匯流交融，魚水盡歡。我從她身上爬起來的時候，晶瑩白潤的淫精愛液沿著她的大腿流淌而出。

我稍事休息，在瑟蕾絲汀的愛撫之下又再度生龍活虎，她那個貪婪的無底小穴已經穴口大開，等著吞下我這根半豎的機械桿。她使出渾身解數，想讓桿子站挺，這樣才能滿足她的需求。

瑟蕾絲汀慾火高張，全身上下每個部位都泛紅發燙！慾火熊熊燃燒，不僅席捲她的四肢百骸，也蔓延到我身上，我胯下那隻駿馬一向亢奮熱情，立刻昂頭揚蹄，站得直挺挺的，等不及號令就想猛衝。

韁繩一鬆，身負使命的牠肆無忌憚、向前直奔。衝，快衝啊，牠一路上勢如破竹。上，快上啊，牠不達目的誓不罷休。牠蹣跚、佇足、垂頭，陽剛精血盡吐，剛剛衝刺的整條跑道上灑滿牠的珍貴慾液。賽事告終，我們陷入迷離暈眩，身體不由自主地抽搐，又一回合結束。瑟蕾絲汀的胸脯劇烈起伏，我趴在兩團渾圓上大口喘氣。

和兩個可人兒春風八度之後，我沉沉睡去，醒來之後還有新樂子等著我。

那一週結束的時候，卡洛琳打點好一切，交給我超過三百萬法郎和價值一百多萬元的珠寶，第二天我們就離開聖彼得堡。

卡洛琳和瑟蕾絲汀應我的要求準備了一整櫥她們能穿的男裝，然後我們就出發返回法國。我很想趕快回國，就能按照計畫開始打造我的情慾樂園，我有自信，我的後宮樂園或許無法超越旅人口耳相傳或親見的東方後宮，但是奢靡富麗的程度絕對足以與之匹敵。

踏上法國國土之後，我們朝布列塔尼的古堡前進，我在那裡安頓好兩個迷人情婦，之後又前往巴黎。

一到花都，我就乘車去拜訪最熱門的家飾商，告訴他我想要的家具和裝潢，再給他一張空白支票支付所有費用。

我交代家飾商，只要能買到，務必選用最貴重奢華的材料。我預付了十萬法郎支票，還特別授權給他，必要時可以請我的銀行代理人預付更多現金。

一個月之內，我交代好所有應辦事項，接著開始打聽瑟蕾絲汀被我拐走之前待過的那個社團，想要找到其中幾個社團成員。

我先前往德格某伯爵下榻的旅館，想找德格某小姐，或者我該喊她羅莎莉，她是我進入社團之後陪我度過初夜的女伴，那晚之後我就對她情有獨鍾，暗自決定等到古堡裝修完畢之後，就要接她去堡內同住。

一進旅館，僕人告知我伯爵夫婦出門了，我求見羅莎莉，接著就被帶到琴房，她正在裡面彈奏豎琴。

僕人一退下，她馬上向我跑來，撲進我懷裡。

我帶她到沙發旁，讓她坐在膝上，向她坦承我的計畫，我告訴她之前發生的事和我之後的打算。帶瑟蕾絲汀前往俄國的事，我也據實以告，還告訴她我如何征服美豔的卡洛琳，和兩個美人一同回到法國，再將她們安頓在古堡裡。我使出三寸不爛之舌，想方設法要說服她和我一起回古堡，向她保證往後的生活將會奢華無比、歡愉無限。

她答應跟我走，只等我一切準備妥當之後來接她。

談話的時候，我還一邊揉搓她的雙乳，我們越聊越起興，我也大起膽子，一隻手在她身上恣意遊走。

談完之後我才發現，我已經不知不覺地讓她躺倒在沙發上了。我正準備要讓她以行動表明心意的時候，一個天殺的僕人突然開門說有賓客來訪。

我們各自坐正。「啊！這當兒被打斷，運氣真差！」我暗想。不過來訪的女賓一進門，我就由悲轉喜，因為這位小姐算得上是我看過最嬌美性感的女人了。瞧她走過房間的樣子，多麼尊貴優雅！她一舉手、一投足間，從容端麗、風姿盡展。她纖細的腳踝曲線雅致，小巧蓮足漫移，點地輕盈無聲，讓我對她吊襪帶以上的部位給予非常高的評價。

羅莎莉為我們雙方引見，來訪的是蘿拉，是狄貝某伯爵的女兒。我看已經沒有機會向羅莎莉私下獻殷勤，就先行告退，去拜會其他友人。

我在巴黎待了六還八天，向幾位珠寶匠和銀匠訂製各種精巧飾物，也不忘請我的銀行代理人寫信給在倫敦的代辦，請對方代為訂購一艘最大、最快，內裝也最為豪華的帆船，預算無上限，還要招募一組不惜赴湯蹈火的忠心船員。

我要求他們在帆船造好之後，將船送到布列塔尼岸邊古堡附近的一個小港灣，船從海面駛入後剛好可以停靠。

事情都處理完之後，我趕回古堡，還帶了一流建築師和幾名工人同行。

不用多久，古堡裡三樓的大客廳就成了一間富麗堂皇的大廳，廳中四壁覆滿鮮花和常綠植物，彷彿永遠都是夏季。大廳左右兩側各有一排裸體雕像，全都購自巴黎，前後兩端各設一座華美噴泉，大廳中央擺放著巨大的大理石浴盆，盆中有一座噴泉，噴泉中置有一尊呈臥姿的女體雕像，雕像經過巧妙設計，看起來就像仰躺漂浮在水面上，泉水從她的陰部噴湧而出，高度幾乎可達天花板，只要坐到雕像身上就能沖澡洗浴。

大廳一側的落地窗外是可俯瞰海面的陽台。

廳外走廊的另一邊原先是成套的房間，現在打通成一個偌大的房間，只等家飾商帶來五十張床安放在房內。

在古堡側翼的同一層樓裡也有套房，打通後改建成一間大浴室。室內有一個奇大無比的大理石浴盆，足以容納五十人同時入浴。花園裡原來有個小魚池，現在成了直徑約百碼的小湖。

第六章

數週之後，一艘船駛進了海邊的小港灣，船上載滿要運進古堡的家具。家飾商親自前來拜會，我帶他逛遍整座古堡，告訴他這些房間我想要個別裝飾成什麼風格。

設有噴泉的大廳只要用富麗的絲緞靠枕簡單布置就好，還要擺一些樂器，這間要當作吸煙、唱歌和跳舞的地方。

對面那間長型房間裡要擺滿上好花梨木製的床架，床架要鑲上金、銀、珍珠，還有珍貴的寶石。每張床架都有裝彈簧，床墊裡裝填的自然是最好的羽絨。床單全部用織工最精細的細棉布製成，要選用縫工華美的絲緞被褥，寢具上全部飾以布魯塞爾梭結花邊或針繡花邊。

床邊要掛上深紅天鵝絨帘幕，上飾純白絲質滾邊。房中每個安放床架的壁凹中都裝上一面銀框鏡子。

地板要鋪上最高貴華麗的地毯，牆壁要掛上絲畫，畫上精細描繪不同的神話故事：愛神邱比特和賽姬之間的愛情、宙斯侵犯腓尼基公主歐羅巴、宙斯化為天鵝玷汙麗達、月亮女神黛安娜出浴等等，還有一幅描繪一整列的酒神女祭司，她們赤身裸體，肩上扛著歡欣喜悅的眾神凱旋歸來。

房裡不放任何椅子或沙發，只放靠墊。這些靠墊要裝飾得極盡奢華，不但要綴以珍珠寶石，周圍還要鑲上金或銀邊。

床要個別安置在桃花心木製的高起平台上。地毯要用最豐厚柔軟的材質織成，一踩上去，腳踝以下就會陷在毯裡。遠處那端是豪華氣派的上賓臥室，在這個臥室和房裡其他床鋪中間，會掛上藍色天鵝絨帘幕作為分隔。

上賓臥室這一區要仿照土耳其帳篷，室內的中央擺飾由多顆黃金星星構成，綠色天鵝絨帘幕以中央擺飾為中心支柱向四方披垂，搭成一頂華美篷蓋。

大床置放在這一區中央，床架是用黎巴嫩雪松雕成、刻有富麗紋飾，床柱、床頭板和床尾板上要以純金、純銀和寶石鑲刻出鳥禽、游魚和男女的圖像。再在柔軟華麗的天鵝絨帘幕上以金環圈扣，達到畫龍點睛的效果。

這個臥室區的其他部分就不再作額外裝飾，這張大床要當成所有來到古堡的美人的啟蒙之床。春宮圖畫或裸女雕像有時候能讓男人亢奮，不過它們這麼有魅力，也可能會吸走男人胯下那些美麗生物的注意，要讓她們專心才行。

這間上賓臥室旁邊要有一間梳妝室，天花板和四壁要鑲上大面銅鏡，整間梳妝室就像無所不照的鏡子，人只要進入梳妝室，不管朝側面、頭頂，或任何一個方向看去，都只會看到自己的鏡中倒影。

梳妝室裡要安放鑲有金銀、象牙和珍珠的梳妝台和立架，無論是來自遙遠東方的各種香精，還是可以突顯麗人美貌、令堡中眾姝青春常駐、風華永盛的各類化妝品，在此一應俱全。

和鏡廳般的梳妝室相連的是一間客廳，由此可以俯瞰花園，客廳的落地門窗通往與古堡該側同長的陽台。我特別重視這間客廳，地板要鋪上填有羽絨的紫色天鵝絨地毯，我會在牆上懸掛多幅古代大師的珍稀畫作，畫作之間設有銀製鳥喙造型的壁鏡掛勾，鳥喙裡叼的是金框壁鏡。廳中角落分別擺放古希臘美惠三女神的雪花石膏雕像，雕像之內各裝一個音樂盒，可以播放出最甜美的曲調。雕像上放置由德勒斯登的瓷器大師製作的巨型花瓶，瓶中要插滿芳美鮮花。牆面鑿有壁龕，掩藏其中的香爐要用來薰點阿拉伯最珍貴的辛香料和香精，到時將滿室馨香、幽然醉人。

等所有房間都裝修完畢，我會在這裡迎接我的眾多姬妾。

工人們忙著裝修房間、安置家具的時候，我讓她們住在離古堡主棟較遠的側翼建築裡，暫時不和她們見面，一切都等全部裝潢完畢。我也找來一批好色男女擔任僕侍和守衛，之後就讓他們侍候那些被我留在堡裡的佳麗。

我指派其中一個男僕當「寢宮總管」，他也是唯一一個可以在古堡內此區進出的男性。我派他去接愛慾玫瑰、淫蕩的俄國美人，還有蘿絲、瑪奈特和瑪麗過來。

她們走進來的時候，我斜靠在一疊軟墊上，身穿上等喀什米爾羊毛製成的寬鬆長袍，頭戴土耳其小帽，正準備寬衣沐浴。我打算讓她們陪我入浴。門才關上，她們就奔向前來撲到我身上又抱又親，幾乎把我給生吞活剝了。噢，她們一碰到我就好像著火似的，恨不得馬上重溫睽違一個多月的歡愉極樂，我也有一股衝動，想要把她們推倒在地，讓流動慾焰在她們身體裡一次爆發。不過我忍住了。

我帶她們到花園去，介紹園裡每一個經過精心美化的地方，幽靜小湖周圍特別栽種灌木和大樹，花園上方覆有一面精細網罩，飼養的珍稀鳥禽就不會飛出園外。

我們又回到堡裡，一路走回寢宮，我向她們展示那五十張床，又宣布之後要四處遊歷，立志把全世界最貌美的五十個女子都帶回古堡，這五十張床就是為她們準備的。

接著來到浴室，寬衣解帶之後，我們全跳進香氣襲人的浴湯裡。

我們一起躺在浴盆裡，玩鬧了一會兒之後，我拉動穗繩搖鈴喚人，四名女子走進來伺候我們。她們就是我之前提到已找好的幾個好色僕侍。

我們從水裡起身，讓女侍伺候我們擦乾身體和頭髮，再裹上女侍呈上的寬鬆浴袍。我領著美人們進入梳妝室。

她們走進鏡廳般的梳妝室，臉上的驚奇神情難以言喻。我脫下她們身上的浴袍丟到門外，然後關上門，要她們換上眼前陳列的華美衣裝。

看到自己的身影在牆面和天花板上反射千百次，她們又驚又喜。鏡面反射之下，似乎房中每個角落都充斥梳妝台架，看得她們眼花撩亂、暈頭轉向，好一會兒才弄清楚，互相幫忙梳妝更衣。我幫她們準備的是土耳其風格的衣服，除了寬鬆燈籠褲和絲質背心之外，還有短襯裙，用來替代穿脫不便的連身內衣。

著裝打扮之後，我帶她們到噴泉大廳，接下來就在廳裡享用豐盛午餐。我在大廳裡將未來計畫開誠布公，告訴她們我會再去一趟巴黎，然後等到訂購的帆船送到，我就要駕船前往君士坦丁堡，到那裡買幾個看得上眼的絕色少女。我也預備買幾個啞奴和閹奴，讓他們在後宮裡服侍眾姬妾，我雖然很信任現在身邊這些美人們，但是對於外地買回來的女人，我就沒辦法這麼放心了。

我也說了，打算帶她們之中一或兩個人跟我一起出海，為了表示公平不偏坦任何人，由她們自己抽籤決定誰是幸運兒。當晚我會讓兩個女伴和我同床，也用抽籤決定人選。

我之前已決定要跟瑟蕾絲汀和卡洛琳同床，所以在籤上做了手腳，結果如我所願。

我早早就帶頭前往臥室，五個女孩跟在後頭。不消片刻，我們就脫得赤條精光。

噢，溫香軟玉貼滿懷，多麼暢快，多麼享受啊！她們在我懷裡扭來動去的時候，腹部肌膚白嫩滑軟，教我愛不釋手！她們輕翹溼潤的紅唇緊黏著我，水汪汪的眼裡閃爍著情火慾焰。

我拉風騷的瑟蕾絲汀上了床。我已經極度激情亢奮，胯下龍陽昂然挺立、腫脹欲炸，鮮紅龜頭抵著我的肚腹，整根剛硬無比，容不得半下彎折。

瑟蕾絲汀仰躺在床上，大腿分開，露出微張蜜穴前的陰唇，她猴急地等待我的進攻。

我撲到她身上，一鼓作氣穿林貫穴。美人痛爽交加，忍不住嬌喊出聲。碩大龜頭將她的陰唇和蜜穴肉褶撐開到極限。狂風驟雨越見兇暴，萬物抖顫，閃電連劈、豪雨如注，終引來滔滔急流！噢……射了！我要升天了！老天，真是爽快！噢，天啊，太銷魂了！

我們翻滾、嘶喊、啃咬，在暢爽極樂之中像精怪一般嚎叫。她的蜜穴化為一池陽精，我的巨蟒在其中潛泳伸展。我將陽具抽出，晶瑩汁津噴湧而出，充分相混交融的陰陽淫精遍灑她的大腿和底下床單。

啊……迷人的瑟蕾絲汀，當晚她讓我在溫柔鄉中享盡極致歡愉。熾盛慾火引得我三度提鎗上陣，在兩個嬌貴美人的蜜穴裡灌入珍貴精洪，愛慾寶庫裡的豐饒津流盡注其中。

等我的體力稍微恢復，我就去找蘿絲、瑪奈特和瑪麗，大公無私的我讓她們每個人都承恩受寵，驅著我的挺翹巨物輪番狂攻、連戰皆捷。當然，我也不忘用珍貴陽精充分滋潤她們的無底小穴，那可是所有女人心心念念渴求的。

第二天早上，我出發前往巴黎，卡洛琳扮成男僕和我同行，此行目的是準備好君士坦丁堡之行所需行裝。

在下榻旅館短暫停留之後，我和卡洛琳直接登門拜訪羅莎莉・德格某小姐。這次運氣很好，她一個人待在旅館裡。

擁抱致意之後，我為羅莎莉介紹卡洛琳，然後問羅莎莉什麼時候能準備好跟我回古堡。她說需要兩天時間準備。

接著我就問起她的朋友，那位迷人的蘿拉・狄貝某小姐。我坦白地告訴羅莎莉，我已經下定決心，不管用什麼手段，我一定要得到她朋友蘿拉，而且她一定得答應幫我誘拐蘿拉，不然我也想不出其他辦法了。我提議要羅莎莉去帶她朋友出來，說要一起乘馬車到布隆森林散心，等到了隱蔽處，我就會從自己的馬車下來接近她們，然後邀請她和蘿拉下車和我一起散步；接下來我會用披巾罩住蘿拉的頭臉，強行帶蘿拉上我的馬車，再帶上她和卡洛琳，全速趕回古堡。

一切都依照我的安排進行。

我在林中接近羅莎莉的馬車，邀請兩位小姐下來和我一起散步。打開車門之後，蘿拉先下了車，她才踩到地，羅莎莉就拿出一條大披巾從後面罩住她的頭，還把披巾兩端在她頸上繞緊，免得她的喊叫聲被別人聽到。我伸手圈住她，把她抱到我自己的馬車上。羅莎莉和卡洛琳很快上了我的馬車，我催趕駕下四匹好馬，帶著如花似玉的戰利品，以最快的速度絕塵而去。

往古堡的路上，我們只在我事先買通的人家中停留休息。

我事先已經派了信差到夜宿的地方，吩咐他們準備好一間大房間供我們住宿。一到那邊，我和同行女伴很快進到房間裡。

我們一到，下人們就送上晚餐。支開所有僕侍之後，我鎖上門，開始向蘿拉傾訴。這是我強抱蘿拉上車之後，第一次開口對她說話。

我向她表白，說我上次在羅莎莉那裡對她一見傾心，胸臆中燃起的熊熊愛火難以壓制，我暗下決心一定要帶她回古堡。我已經認定了，沒有任何女子可以勝過她的美貌風姿，除了我，以後也沒有任何人有資格擁有像她這樣的天仙絕色。

我也對蘿拉坦承我的計畫，讓她知道我如何翻修古堡、目的何在，還告訴她，社團裡的一位老朋友瑟蕾絲汀・葛某小姐也在堡裡，她的朋友羅莎莉也願意與我為伴。

我介紹蘇某伯爵夫人卡洛琳讓她認識，細述卡洛琳的身分如何尊貴、我如何擄獲她的芳心，而她又如何與我共享龐大財產並隨我來到法國。

我花了不少時間描繪住在古堡的日子將會如何奢華舒適、充滿歡愉，告訴她如果跟了我，從此以後就能隨心所欲享受性愛，過著高潮不斷的極樂生活。

羅莎莉和卡洛琳在旁幫腔，她們告訴蘿拉和我在一起的日子有多麼美妙歡暢，極力描述女人臥在男人懷裡、和他盡興歡愛的那種極度舒爽和激情，她們使出三寸不爛之舌勸誘蘿拉，要她乖乖和我們一起回古堡。

蘿拉一開始極為氣憤，不但拒絕進食，也不和我們任何一個人說話，聽了我們的話之後，態度慢慢有些軟化，她和我們共進晚餐，也會回答羅莎莉和卡洛琳問她的問題。

晚餐撤下之後，我要僕人送上美酒。我們坐著飲酒閒聊的時候，我刻意讓話題繞著同一個主題打轉——男女情愛和情動之後自然會發生的事，例如男女歡合。

卡洛琳和羅莎莉這兩個好幫手在旁附和助興，她們毫無顧忌、高談闊論，酒氣衝腦之後還站起來，脫了衣服手舞足蹈。她們坦胸露臂、展示雙乳，偶爾輕撩內衣，露出曲線優美的小腿或膝蓋，花招百出。她們的目標只有一個，就是迷惑蘿拉的心神，嬌美的小蘿拉一直看著她們表演。我不停敬她酒，慢慢地她也微微興奮起來，不再那麼拘束，對著扭腰擺臀的兩個女孩品頭論足起來。

我搖鈴喚人送來一瓶白蘭地酒。酒一送到，我就打開瓶塞，將酒分別倒在幾個杯子裡，然後邀請我的俄國美人來喝。卡洛琳端起一杯，羅莎莉也照做，她們堅持要蘿拉也陪她們一起喝。蘿拉猶豫了一會兒，也端起一杯，她舉杯到唇邊，輕啜一口之後又放下。

為了引誘可愛的蘿拉，讓她痛快暢飲白蘭地，卡洛琳和羅莎莉一杯接一杯地喝，到後來蘿拉也不再輕啜，學我們乾起杯來。

等我示意該回房歇息的時候，蘿拉已經醉得連路都走不穩了，得讓卡洛琳和羅莎莉攙扶著，才能勉強走回房間。

她們都進了臥室之後，我就脫得一絲不掛。卡洛琳故意不把門關緊，我趁機從門縫溜進她們房間，藏身在床邊的帘幕後方，打算好好觀察我的兩個美豔情婦如何客串鴇兒。

她們兩個先脫光衣服，然後把喝得爛醉的蘿拉也剝個精光。蘿拉光裸的胴體就這樣暴露在我眼前，我熾烈的目光在她身上每個誘人部位打轉，真要比的話，她的嬌媚可說勝過我先前享用過的所有美女。

卡洛琳和羅莎莉脫掉蘿拉的衣服之後，也對她的曼妙身軀報以欽羨眼光，盛讚蘿拉的美，與大師米羅的維納斯雕像相較之下，有過之而無不及。她們讓蘿拉躺在地板上，翻來覆去地推弄她，一下捏她的豪乳、一下掐她的豐臀，還扳開她的大腿，甚至撥開雙腿之間的那道嫵媚的狹窄小縫。她們對蘿拉的淫豔蜜穴讚不絕口，羨慕她擁有一對豐腴情感的陰唇，甚至不吝俯身獻吻。她倆還妳一言、我一語地討論起來，說蘿拉的處女蜜穴這麼緊狹迷人，開苞破身那一刻，她和那個突破重圍的幸運兒不知道會有多痛快，言語中滿懷欣羨之情。

卡洛琳本來在玩弄蘿拉的迷人小穴，我看到她改將指尖伸進肉縫，在穴裡摳搔起來，羅莎莉伸手圈住蘿拉的肩，緊擁住她，然後開始熱情親吻蘿拉，還將舌頭伸進她的嘴裡。蘿拉開始在地板上扭動掙扎，從她的嬌啼還有扭腰擺臀的樣子，我看得出來，她已經在兩人上下夾攻中感受到前所未有的酥麻暢快。

從蘿拉的姿態動作看得出來，她應該很快就能達到處女的第一次高潮，不過這只能算是淺嘗極樂滋味，真正的雲端極樂要在男人懷裡才能徹底享受。卡洛琳在蘿拉雙腿間摳搔蘿拉，我從藏身處溜出來，走到卡洛琳的位置代替她用手指往蘿拉的蜜壺裡抽插，蘿拉的臉埋在羅莎莉雙乳間，完全沒有發現。戳插之下，蜜穴裡很快淌出一股濃稠的瓊漿玉津，沾得我滿手都是。水閘開啟之後，愛液恣意噴湧流洩。蘿拉雙腿交扣在我身上，壓得我幾乎喘不過氣。嬌吟之聲斷斷續續：「噢……要到了！還要……噢，老天！我不行了……要死掉了！」

她全身突然放鬆，四肢伸展輕顫，在高潮中昏了過去。

趁著蘿拉舒暢迷離的時候，我到她懷中躺下，先用臉頰緊貼她的胸脯，再親吻她的小嘴，我的手還是蓋在那道迷人蜜縫上，手指在她穴裡肉褶間摩搓。

看到佳人慢慢從高潮歡愉裡回過神來，我擁她入懷，一邊挑逗愛撫她，一邊問她是不是還為了我帶走她的事情生氣。我告訴她，我只是暫時用手指頭模擬一下，她剛剛享受到的那種舒暢快感還不夠強烈真實，一回到古堡，她馬上就可以享受到真槍實彈帶來的真正高潮。

也許此刻她的矜持和貞德還沒有完全淪陷，但是在我巧手摳弄下，適才令她飄飄欲仙、如癡如醉的那種美妙歡愉感覺再度席捲她全身。她一言不發，只是抱住我，我倆的唇瓣緊緊相貼。

我對蘿拉的渴慕被挑動到了極點。我告訴她等我們一到古堡，我就會大張旗鼓為她開苞、佔有她的處子之身，我極力描述她即將享受到的無盡歡愉，「就用這一根，親愛的蘿拉。」我說，還拉她的手握住我的巨屌。「然後，」我說，「妳就會嘗到真正被男人抽插的那種舒暢爽快。」

「接下來的經歷，」我繼續說，「會讓妳滿腦子暈陶陶，跟妳現在的感覺很不一樣。妳會盡量張開大腿迎合男人，感覺他溫暖光裸的身體和妳的身體相結合。他會從愛撫玩弄妳的雙乳開始，讓妳舒服不已。熾熱的吻會如雨點般落在妳的雙乳和唇瓣上，他的舌頭很調皮，硬要探進妳的櫻唇之間尋索妳的香舌，舌尖相會的瞬間美妙無比，它們會盡情翻攪、互相撥弄，就像我現在要對妳做的。」我將舌頭伸到蘿拉嘴裡舔弄她的丁香。

「然後，妳會感覺到他扶著胯下那根肉棒，用指尖撥開覆在肉鞘上的陰唇，前面就是他衝刺的目標。他把肉棒抵在陰唇之間，一開始先溫柔地推進，直到龜頭整個都進到穴裡，可憐的小穴會被肉棒撐開到極致，這時候妳會覺得有點痛。男人會俯身吻一下妳的唇，然後開始溫和但是堅毅穩定地向前挺進突刺。他的戳捅一下比一下更用力，直到最後他卯足全力一撞，妳痛得呻吟哭喊起來。他賣力推進，每一下都更為深入，他開始突破防線，最後毀壞拆清妳所有的處子城圍，妳哭叫出聲求他大發慈悲，但他絲毫不為所動。他的熱情被妳激起，已經陷入瘋狂，慾火在他眼眸中跳躍，全神貫注在接下來的驚天一擊。他向前衝刺、大獲全勝，挾狂風暴雨之勢直搗花心，肉棒上沾染了嬌美佳人的點點落紅。妳痛喊出聲，將童貞之身獻予征服妳的男人。這時候的妳已經毫無抵抗能力，他趁勝追擊，伺機由染血激戰中收穫豐碩戰果。

「這時候他抽棒出鞘，只剩龜頭還留在洞裡，然後緩緩揮軍再攻。他反覆抽出插入，整根肉棒瑩亮溼滑，蜜鞘裡豐嫩緊縮的肉褶夾含摩擦著肉棒，帶給他無比美妙的舒暢快感，最後他再也控制不了自己。

「他來勢洶洶、長驅直入，他可以感覺到自己即將到達極樂境界，就快到了，他直抵花心最深處，插得好深好裡面。終於到了……他射了出來。

「老天，多麼痛快！男人口中噢噢啊啊、嘶聲叫喊，接著不住粗喘，背部微微抽動，臀部快速挺撞，在在昭示他已經攀抵極樂巔峰，同時將珍貴陽精盡情射進妳身體裡。因為妳剛剛承受一場只要是女人都可能經歷的痛苦考驗，這股瓊漿玉液可以滋潤妳的迷人小穴，幫妳消熱止癢。」

在我口沫橫飛描述的時候，卡洛琳雙手握住我的陰莖，不停地搓揉玩弄它。我的手指還在蘿拉身體裡摳揉，看到她不住扭腰擺臀，我知道她快高潮了……

「我……噢，親愛的……我……現在……摸到了。那裡，快到了，要射了……啊……噢……噢……唔……哦！」然後我就昏倒在她胸口。回神之後，我發現在我用幾根手指抽插之下，從蘿拉的小穴流出一股黏潤無比的蜜汁淫津，弄得我整隻手都溼了，她的肚腹和大腿上也沾滿我的濃稠精液。

蘿拉毫無怨言，委身於我。在我的手指巧妙摳插之下，她不再羞澀矜持，我們就這樣互相愛撫取悅，直到精疲力盡才相擁入眠。

隔天早上，蘿拉醒來發現自己竟然睡在我懷裡，她馬上跳起來、從床上抓過一條被子裹住身體，然後就蜷縮在房間一角哀哀啜泣起來，哭得肝腸寸斷。

我試著安撫她，但是她根本不聽我說話。穿好衣服之後，我就先退到另一間房裡，留下卡洛琳和羅莎莉想辦法讓她恢復正常。不久之後就是早餐時候，她們至少成功說服蘿拉出來一同用餐。

用餐時，卡洛琳和羅莎莉不停調侃蘿拉，笑她和我共度了美妙的一夜，早上卻羞成那樣，還打趣說我光用手指就伺候得她歡快無比、舒服到昏暈失神。她們還告訴她，等到癢起來的時候，她會緊緊抱住我，一邊抓著我的手往大腿中間塞，一邊扭動豐美俏臀云云。

幾杯美酒下肚之後，蘿拉的精神完全恢復。

我走出房間吩咐手下準備馬車，回房時發現她們三個打鬧成一團，卡洛琳和羅莎莉想要推倒蘿拉，讓她再嘗一次前晚我的金手指帶給她的美妙滋味。

我走進房間，卡洛琳和羅莎莉要我過去助她們一臂之力，蘿拉也懇求我救她脫離她們的魔掌。

她們嬌聲叫嚷的時候，屋主前來通知馬車已備妥，我挽住蘿拉的手臂領她出門，卡洛琳和羅莎莉跟在後面。我們坐上馬車離去。

這是我們離開巴黎後的第三天，到達古堡時已是深夜。我回到臥房，很快入眠。當晚所有女孩都睡在我身邊，但是我一個人也沒有碰，我保留所有精力，要在為蘿拉開苞的時候好好表現，才不辜負她的寶貴初夜。

第七章

隔天早上醒來，我叫醒躺在身旁的眾多睡美人，領她們進入浴室。我們一起泡在水裡，玩鬧了至少一個小時才起身進到梳妝室，各自梳理更衣。女孩們一律穿著背心和長褲，還罩上外袍，打扮成土耳其後宮宮女模樣。為了晚上的盛典，今天整天的活動都經過精心安排、當作暖身前戲，因為蘿拉即將在晚上獻出她的處子童貞。

我們整個上午都待在園林裡休憩嬉戲，互相追趕、跑跳、打鬧，可以促進血液循環。

在我要求之下，晚餐比平常晚三小時開動，所有菜餚都經過精心烹調，送上來的酒不僅最為香醇芳美，也最能提神助興。我們開懷暢飲，喝得略微有些過量，起身離桌的時候已經春情勃發、色慾高漲了。

我們回到臥室，脫光衣服之後入浴，浴湯裡添加了昂貴香料、芬芳馥郁。

我們很快洗浴完畢回到臥室。蘿絲跟瑪麗已經拉開厚重帘幕，我們進入上賓臥室，瑟蕾絲汀跟瑪奈特用上好的亞麻布巾為蘿拉擦乾秀髮和全身，羅莎莉和卡洛琳也伺候我擦乾身體。

蘿拉紅褐色的豐美秀髮有如朵朵彤雲，飄散披垂在她的肩頸四周，女孩們忙著幫她梳理。這時候，我跪到蘿拉前面，為她梳理陰丘上的絲絲烏黑。我從沒有看過這麼肥潤豐滿的小丘，丘上茂密蓊鬱，幾乎完全遮掩住下方桃源寶穴的入口，很少看到十七歲少女發育得如此良好。

我克盡職守，為蘿拉梳理好她的少女陰毛，再朝兩側撥開，露出貪婪的無底小穴，這裡很快就要初嘗肉棒滋味。我用指尖掰開輕翹陰唇，欣賞飽覽嫣紅淫媚的愛慾聖龕，很快我就會送聖像入龕。我覷看、盯視、凝望，試圖看穿隱藏在這幽深陰暗的穴淵裡的祕密，但是我的視線被一片最為媚惑人心的肉壁阻擋，這片嫩肉略呈心型，懸垂在未緣客掃的花徑中央，有如房中天花板垂下的燦目吊燈，我窺看著折門般的肉壁。

我緊盯穴內那片嫵媚嫩肉，雙眼幾欲噴出火來，一直到我感覺有什麼東西在我大腿間移動，才回過神來。低頭一看，是瑟蕾絲汀伸手圈住我的胯下龍陽，正在慢慢地上下套弄，讓俊俏的鮮紅龜頭在環繞陰莖前端的白晰包皮皺褶中一進一出。

瑟蕾絲汀這樣一套弄，馬上就挑起我的慾火，令我再難壓抑。我站起來抓住蘿拉，抱她到床上讓她躺好，她挺翹圓潤的雙股靠在床邊，下面墊了一個白色緞面靠枕，上面還鋪了一層細亞麻刺繡布巾。

瑟蕾絲汀跟卡洛琳各自從左右撐住蘿拉的雙腿，蘿絲和瑪麗跳到床上，瑪奈特和羅莎莉站在我的兩側扶住我，免得我太過亢奮，在破處盛典結束的時候撐持不住，同時為我引路，一個人負責打開愛慾閘門，另一個引導我的滾燙鏢頭直衝閘口。

我有點擔心即將破處的小美人，玫瑰豔麗卻多刺扎手，初摘時的痛楚很折騰人。胯下的開苞凶器已經躍躍欲試，我先用芳香油潤滑一番，然後才邁上戰場，若不攻克敵城，只有犧牲一途。

蘿拉的雙腿被撐得大開，我站到她腿間，在將要被我殘酷撐裂的陰唇上輕軟一吻，這一吻似乎讓她全身一陣酥麻。

我微微傾身向前，瑪奈特用手指撥開蘿拉的嫩紅陰唇，羅莎莉握住我的陰莖，把龜頭放到穴口。

瑟蕾絲汀跟卡洛琳本來幫蘿拉撐住雙腿，她們現在幫她把腿抬到我的臀上，然後站到我身後，兩人手臂交叉、四手互握，撐在蘿拉的腳踝下方，當她的人肉腳墊。我打起精神，猛力向前挺進，陰莖插進去整整一寸。

蘿拉下體被我這樣猛然一撐，痛得尖聲喊叫，她使勁地扭動腰臀，不過不但沒辦法擺脫我，反而助我一臂之力，讓我插得更深。

我更用力地衝撞、戳捅，終於直貫蜜穴。落紅點點滴淌，我能感覺到血滴落在大腿上。她的臀部不由自主地拚命抽搐搖動，想把我甩開。她在極端痛楚中尖喊不斷。

可憐的小美人，此去路途滿是荊棘、無比艱辛，可是一旦走過，往後的旅程就平順非常了。我再度使力挺撞。

「啊，老天！」她喊著，「痛死了！求你饒了我吧！」

我一點都不憐香惜玉，反而比先前更賣力戳插，要讓她的痛楚變成痛快。我長驅直入將她撕裂，最後一撞，我成功進佔愛慾聖殿、此役大獲全勝，周圍響起如雷掌聲和歡呼喝采。

好不容易讓整根肉棒全沒入穴內，我趴在蘿拉的肚腹上粗喘顫抖，將一股熱燙精流射進她的子宮。

我很快又振作精神、恢復剛猛，緩緩退出肉棒，然後開始抽插搗磨，蘿拉這次只是嗯嗯啊啊，加上幾聲嬌喘，因為剛剛灌注的精液充分滋潤了蜜徑，身下嬌娃的破處之路比之前輕鬆多了。

現在我每次抽插挺撞的時候，她都會輕搖臀部迎合。她伸手抱住我，閉上雙眼。接下來又是幾下生猛有力的戳捅，她開始嘗到箇中美味，雖然穴內痛楚依舊，那是女人讓男人在穴裡搗磨出白稠淫精之前，必須經歷的撕裂疼痛。

我和她同攀雲端，再度融化在她體內，她的蜜穴充分浸潤在我射出的豐沛精流之中。

終於，我抽身站起，情慾聖壇上獻作祭品的美人身下落紅片片。

女孩們圍在蘿拉身邊向她道賀，恭喜她已經脫胎換骨，由處子變成女人。現在慾門已被衝開，之後她就可以享受情慾仙境中的無盡歡愉，再也不會感到疼痛。

她們抬她起來，清理染紅她大腿和臀部的血跡，我抽起破處盛典時用的靠枕和枕上血跡斑斑的亞麻布巾，指揮其中一個女孩為我們鋪床。我……嗯，還是待會好了。我決定讓蘿拉休息一下，就吩咐女孩們準備一些冷盤小菜當晚餐。我要她們兩小時之後再叫醒我，然後就和蘿拉相擁入眠。

小睡片刻之後，蘿拉醒了，她的精神好多了，但是之前的猛烈衝撞還是讓她覺得下體痠痛。

餐桌已經安置在床邊，我和蘿拉靠在床上，其他女孩圍坐在桌邊的軟墊上。

我沒有什麼食慾，乾脆開始戲弄蘿拉，拿她剛剛被破處的體驗來打趣，直到我的精力又活躍旺盛起來，我讓她躺平，自己趴伏在她身上，隨興之所至挑逗撩撥她全身上下。是的，那晚我們確實戰得昏天暗地、日月無光，整整大戰六個回合，或者該說六度銷魂，我們才相擁入眠。

數天之後，一艘豪華的大型雙桅蒸氣帆船抵達港灣口。船下錨之後，船長乘小艇登陸，帶來一封銀行代理人的信，信上載明船上所有高級幹部及一般船員的身分及聘僱合約。

我馬上和船長一同走下小港灣、登上小艇，很快就上了帆船。我先檢查甲板、桅杆等結構，然後下到船艙。艙內布置比我原先期望得更加富麗堂皇、貴氣逼人，艙內一共有六間特等客房，每一間都寬敞豪華，房裡的裝飾和風格足可媲美我在巴黎看過最為華貴高雅的香閨。

船長跟船員都是英國人。我向船長探詢船員的忠心程度。

船長回答說他和全體船員都受僱於我，也獲得很豐厚的薪酬，除非我命令他們去當海盜，不然他們會完全服從我的指令。船長還說他們已經作好萬全準備，我只要吩咐一聲，不管是上天堂還是下地獄，他們都會不惜一切陪我走一遭。

我還問了船上的服務員，得知這艘蒸氣帆船上已儲備好各種奢侈品，吃的用的應有盡有。

我跟船長一同回到甲板，傳話要所有船員到船尾集合。不一會兒就有一群最為吃苦耐勞的水手圍在我身邊，他們看起來一無所懼，恭敬地垂手持帽站定。

簡短致意之後，我將未來計畫據實以告，告訴他們該如何全力協助。

我交代船長準備好在兩天後出航，然後回到古堡。

我也不忘召來服務員，指示他準備航程中的必要物資。我已經決定要在兩天後啟程前往君士坦丁堡。

接著我遣人去帶女孩們來見我。

女孩們一進來，我就要她們脫得一絲不掛，以嚴苛標準逐一審視每個女孩的蜜穴和其他迷人部位。因為每個愛人都豔麗性感，我只好用這個方法，想要選出一人陪我上船出航。不過還是難分秋色，我只好留給命運決定。

我拿出骰盒，讓女孩們輪流擲骰子。瑟蕾絲汀和俄國美人卡洛琳擲出的骰子點數最多，所以我決定帶她們兩個出海。

等她們全都擲完骰子，我才告訴她們我的目的。蘿拉才剛跟了我，她骨子裡其實很風騷，她聽了之後馬上跪在我跟前，淚眼婆娑地哀求我帶她一起去。

我告訴她我最多只能帶兩個女伴上船，所以她哭得再傷心也沒有用，不過我答應她接下來待在古堡的時間都會陪她。

兩天後，我隨身帶了價值超過一百萬法郎的黃金，在忠心耿耿的隨從護衛之下啟程出海，前往君士坦丁堡購買奴隸。

第八章

航程平順舒適，約莫兩週之後，我們抵達鄂圖曼土耳其帝國的首都。

我很快找到機會，向當地幾個最有財有勢的人士送上拜帖，帖上用的是假名。

不用多久，我就認識了好幾個土耳其富豪，裡面有三、四個是奴隸販子。我僱了一名通譯，帶著通譯前去拜訪其中一個奴隸商，我們講好由這名奴隸商擔任我的代理人，幫我找出現在奴隸市場上最美麗的女奴並出價買下。我知道當地的窮苦人家有賣女度日的習慣，有些人家的女孩擁有沉魚落雁之姿，足以和土耳其好色富翁的眾姬妾比美。我指示代理人派出幾名使者，到貧民區一家一家打探，看哪個養了貌美女兒的人家願意賣女兒換黃金。

數天之後，代理人來訪，說要出門三日，從君士坦丁堡到一位老經紀商家去，這位老經紀商和他有生意往來，專門從帝國內地買進女奴，有時候也會從俄國索卡西亞地區進貨。基於一些理由，這個老經紀商從不進城，不過每次買進一批新女奴之後，他就會寫信通知我找的這個代理奴隸商，奴隸商會前往他的住處，可能討價還價買下女奴，或把這批女奴帶進君士坦丁堡轉賣，從中抽取佣金。

代理人還告訴我，日前我拜訪他之後，他就寫信詢問這位城外的老經紀商，得知老經紀商那裡有幾個如花似玉的女奴，其中一個姿容絕美，有資格進入偉大蘇丹的後宮與群芳爭妍，老經紀商還特地替她取名為伊賽都。

我要我的代理人阿里・哈山立刻啟程，如果那批女奴果真美如天仙，就整批帶回城裡。

代理人出門這幾天，我在通譯陪同下，從早到晚於城中街巷市集內遊逛，想偷看幾眼當地的美女，不過一無所獲。我一個女人都沒瞄到。

阿里在離開後的第九天晚上來訪，他說他帶回七名女奴，現在全都安全地待在他的後宮，邀請我隔天早上去他家驗貨。

他極力吹捧伊賽都，說她的美貌勝過天堂女神，是索卡西亞第一美人。

第二天上午大約十一點的時候，我到阿里府上拜訪，進門之後馬上談起生意。

他告退片刻，前去吩咐手下奴隸準備迎接貴客。

半小時之後，一個閹奴走進來向阿里行個額手禮，又退了下去。

阿里站起來，要我跟著他，然後帶頭走進後宮中一間裝飾精巧的大房間。

我一進房就看見房間一端有六名女奴，她們穿著華麗的刺繡背心和白綢製的寬鬆土耳其燈籠褲，全都坐在軟墊上。

房間中央有一張躺椅，有兩個閹奴站在椅子的一端。我瀏覽坐著的女奴，環肥燕瘦、各擅勝場。我知道作買賣前檢查女奴全身是常規，就告訴阿里說希望能在她們完全赤裸的狀態下一一檢查，確認她們都如阿里所言，還保持處女之身。而且我也想親自驗證一下，女奴全身上下各個部位是不是和她們的臉蛋一樣嬌美誘人。

阿里立刻要其中一個女奴起來到我身邊，他對她和其他女奴講了幾句土耳其語。然後我作了個手勢請他和兩名閹奴先迴避，讓我和幾名女奴獨處。

他們退開了，我握住身邊那個女奴的手，打手勢要她脫衣服，她拒絕了。我努力地打手勢勸誘請求她，但她雙手交叉護在胸前，斷然拒絕。我拍手示意，阿里和他的閹奴走了進來。我只是向阿里點了點頭，阿里向女奴一指，兩名閹奴抓住女奴，一眨眼的功夫就把她剝個精光。我走到她跟前，伸手撫上她胸前圓渾堅挺的雙乳，按壓搓揉一番，又撫摸她的腰枝，再一路摩搓下來，摸到茂密陰丘下的小穴。她猛然跳開，抓住幾件剛剛被脫掉的衣衫裹在身上，然後窩到牆角裡。

阿里跺了一下腳，閹奴過去抓住女奴，把她丟到躺椅上按住。女奴的臉朝上，肩膀被其中一個閹奴按住，雙腿分別被另一個閹奴和阿里抓住向外撐開。我跪在她雙腿間，用手指撥開她的陰唇。我試著將一根手指伸進蜜穴裡，卻發現連指尖都還沒放進去，她就齜牙咧嘴、哭喊不斷，還拚命挺動臀部，我只好停手，相信她仍是完璧之身。

他們繼續制住她，我細細審視她全身上下，恣意撫摸、親吻，然後拿出事前特地準備的首飾，在她的頸項、手腕和手指上分別戴上項鍊、手鍊和戒指。在我示意之下，阿里和閹奴放開她，把衣服也還給她。這名女奴穿上衣服，坐到一邊打量身上的珠寶首飾，一臉開心。

我又要另一個女奴出列，打手勢要她脫衣服，她不理不睬，只是低頭站定、抱著雙臂。我走過去挪開她的雙手，然後開始脫她的背心，她沒有抵抗。我請阿里和閹奴到房外等候。

我又把她的燈籠褲和襯袍也褪去，對她的窈窕身材頗為滿意。我領她到躺椅旁坐下，拉她到我身邊，把玩她的雙乳，撫摸她的臂膀、肚腹和大腿，再伸手到覆蓋蜜穴的茂密毛叢中摳搔打轉，她毫無反抗之意。

最後我讓她仰躺在椅上，分開她的大腿，我反覆檢查，從陰部的種種特徵和她的反應看來，她確實還是處女。我也像賞賜第一個女奴那樣送她珠寶首飾。還剩下幾名女奴，我也以同樣手法依序檢查挑選。

我發現其中兩個女奴已非完璧，還有一個女奴雖然姿色身材都無可挑剔，但是兩腿卻有點外彎。

我喚阿里進來，問他美麗的伊賽都人在哪裡，希望他能帶伊賽都來見我。阿里拍了拍手，兩個女奴領伊賽都進房，女奴退了出去，留下伊賽都站在我前面。她身上只裹著一塊精緻的平紋細棉布，臉上罩著一層薄紗。

我揭起薄紗，望著她美得眩目的容顏，驚為天人。

我抓住她用來裹住身體的那塊細棉布，緩緩從她手裡抽開、扔到一邊，我直勾勾地望她的胴體、滿心欽慕，這是我曾見過最為媚惑人心的身軀體態。

伊賽都身形圓潤豐盈，詩人和神話學家相傳，天后朱諾的體態正是如此。

更令我激賞的是那一頭波浪般捲曲的烏黑秀髮，披垂在她頸肩之上，襯得她的雪肌益發白皙透亮。她的肩頭弧度優美，雙臂如藕、珠圓玉潤，任何人若是有幸讓佳人以玉臂環抱，必然情動於衷、慨然興嘆。她有一對堅挺富彈性、白嫩如雪花的豪乳，乳尖兩點嫵媚小巧，淺紅粉嫩的顏色是佳人守身如玉的有力證明。

伊賽都的腰枝優雅纖細，弧線柔潤的肚腹嫩白如雪花石膏、綿軟如上等細天鵝絨。她的髖部寬闊、臀部挺翹，雙股高聳如兩座雪丘，觸手之處堅實富彈勁，在在預示一旦進入美妙的肉搏戰陣，佳人將揮灑無比熱烈的青春活力。

她的大腿頎長彈潤、極具肉感，在女子中殊是少見，膝頭小巧，小腿與大腿相比之下顯得修長。小腿至腳踝處漸細，一雙蓮足纖細幼嫩，一望可知她腿間花心的愛慾寶座、女陰聖地想必同樣窄小纖雅，足以令所有男性識亂魂迷。

佳人頰上的酒窩風情萬種，豐滿輕翹的雙唇輕啟，嫣紅婉約的櫻桃小嘴中兩排貝齒若隱乍現。她的鼻樑秀挺如古希臘雕像，烏溜大眼水汪閃亮，前庭飽滿。誠然，伊賽都就是女性之美最理想且完美的化身。

她的一顰一笑、一舉手一投足皆優雅怡然。我帶她走向躺椅，她的步伐輕盈，恍如空氣中的精靈。我讓她躺下，細細端詳她身上最私密的部位。我伸手輕觸、掂量、撫弄。

她的小穴令人迷醉，陰穴之美難以言喻。隆起的陰阜豐茂蓊鬱、堅挺肉感，上面一層盛密的墨黑毛髮細柔直順如絲。鮮紅的陰唇肥嫩豐腴，輕輕翹起、嫵媚惑人。我用手撥開，摸索掩於其中的肉珠，感覺珠蒂無比碩大，而蜜穴洞口卻極度狹窄緊小，幾乎和十一、二歲的女童一般大小。

「愛神啊！」看得我不禁驚嘆：「世間竟有如斯佳人，不禁奧林帕斯山上的宙斯難擋誘惑，為了她，恐怕守貞隱士也要棄守清修小間，回教先知也會背叛天堂女神。」

有如此尤物任我檢視把玩，我不禁慾火中燒，幾乎把持不住自己，差點就要當場佔有她，作為對於肉慾之神的神聖獻祭，而眼前佳人就是壇上祭品。

我從她身邊退開，作個手勢要她站起來並裹回頭上薄紗。

接著我就和阿里談妥交易，買下伊賽都跟另外三個我挑中的女奴。付清帳款之後，我向阿里提出要求，我待在城裡這段期間，請他借出包括後宮在內的一部分屋宅，讓我的女奴們可以安全地待在這裡，受到萬全保護和照顧。我也交代他立刻幫我買下六或八個啞奴和閹奴。阿里馬上出門物色人選，我也回住處取回財物珠寶，當然也帶上卡洛琳和瑟蕾絲汀兩個女伴。

第九章

到了晚上，我已經安排好一切，就在阿里後宮中一間房裡休憩。我坐在一疊軟墊上，頭枕著索卡西亞美人伊賽都的豐乳，她的名字是「成串珍珠」之意。周圍還有我買下的其他女奴，我讓她們都來伺候伊賽都。我已經決定，在找到更美豔的女子之前，伊賽都就是後宮之主、群芳之冠。

我從珠寶匣中取出一些由東、西方巧匠以金塊精心打造的首飾，分別戴在伊賽都的腳踝、雙臂、手腕、頸項和頭上。她反覆欣賞把玩身上首飾，好像小孩在玩聖誕樹上的裝飾彩球，似乎怎麼都玩不膩。

阿里在夜深之前回到屋宅，帶回幾名啞奴和閹奴。他帶我去看供我使用的房室套間，其中一間是臥房，布置得極為高雅，裡面安置了二十張單人床鋪。

我就在這裡擁著眾姬妾入眠，或者我該說我是和她們一起睡在這間，因為我只想睡在伊賽都的懷中，甚至無暇和其他女伴歡愛。伊賽都一看到我走近她床邊，就踢去被褥張開雙臂歡迎我，還退到一側好騰出空位讓我睡下。

我爬上她的床，將臉偎靠在她胸前，一夜好眠。雖然胯下肉棒雄糾怒挺、硬翹如一根象牙巨柱，但我暫時無意恃強挺進緊窄細緻的花徑，一探愛慾聖殿的幽深內苑。

之後我又待了三週，一半時間待在城內，還有一半時間前往阿里位於博斯普魯斯海峽岸邊的別墅，身邊只留伊賽都相伴，其他女伴待在城內，由閹奴照顧。三週以來，我沒有遇上其他令人驚豔的女子。

有一次到別墅拜訪，已是晚間時分，我在花園中的露台散步，突然看到阿里騎著一匹純種阿拉伯馬全速奔來。我吃了一驚，以為城內借住的屋宅中出了什麼事，立即走下露台到別墅門口和他碰頭，問他發生了什麼事。

探問之後，我才得知這個驚喜的消息，在偉大蘇丹的御令之下，數天之內會有場拍賣會，要賣出一大批女奴。

阿里說這批女奴來自某位帝國官員的後宮，這名官員約莫一年前過世，他的家產由兩個姪子繼承，他們從官員死後就為了這批女奴的所有權爭執至今。蘇丹不久前裁示，將這批女奴全部出售，賣得的款項由兩個繼承人均分。阿里還說根據城內流傳的情報，其中必定有幾名絕色女奴。他建議我立刻出發回城，他會試著買通奴隸商，讓我私下探望這些女奴，這樣我就可以仔細檢查到滿意為止，等到拍賣的那一天，他再幫我買下中意的人選。

第二天我就跟著阿里前去拜訪奴隸商，要出售的女奴都留置在他家裡。奴隸商在門口迎接我們，他很快帶我進了一個房間，裡面全是女子，她們身上裹著寬大白布，從頭都腳遮得嚴密無縫。

奴隸商穆斯塔法交代了幾句，她們聽話地繞著房間排成一列。穆斯塔法告訴我等他走開之後，她們就會脫下身上的披布，讓我隨意檢視，然後他就先行告退。

他走出房間後還特意鎖上門，留我和女奴們在房裡。

我走向離我最近的女子，她掀開罩在身上的白布，其他女子也依樣行事。我眼前頓時一片活色生香、春意盎然，旖旎淫豔更勝午夜綺夢。

大約有六十名女子全身赤裸地站在我跟前，如此盛景，我相信東方沒有任何後宮可以與之媲美。這些女子中，有些來自索卡西亞地區，她們的烏黑秀髮悠悠飄揚、深黑眼眸明燦懾人，一身肌膚白皙透亮，與深紅豐唇、粉嫩乳蒂和陰丘上墨黑茂密的陰毛形成鮮明對比；有些是從希臘島群擄掠而來的佳麗，她們的澄藍眼眸柔和慵懶，有些來自俄國喬治亞邦，這幾名高加索美女豐滿性感，連非洲的黑美人也在搜括之列。這些嬌美的女奴現在全都站在我的眼前。

我審慎地一一品評，以鑑賞家的眼光打量每個女奴引以為傲的迷人部位。噢，我貪婪地盯著房間裡整列淫媚迷人的小穴，我不僅雙眼飽覽春光，還伸手盡情地感覺、觸摸每個小穴，撫整蜜縫周圍的茂密毛髮。

把玩了這麼多個小穴，我已經興奮得難以抑制，就伸手環住其中一個小美人的纖腰，她看起來就是一副淫娃樣。我領她進了房間一側的小邊間，從腕上摘下一個精巧的金鍊給她，讓她躺倒在一疊軟墊上，然後撲到她身上。我讓她體驗了整整兩回無比美妙的歡暢舒爽才鳴金收兵。

小美人被我插得舒服到情迷意亂，我等她稍微恢復清醒之後，才帶她回到剛剛評賞女奴的房間裡。女奴們看到我們回房，注意到我掛在她頸上的金鍊之後，就全都抬頭直勾勾地盯著金鍊。

我牽著剛剛幹過的女奴到一邊，又再挑了十個女奴，其中一個是來自非洲的黑膚少女，約莫十五歲，她還是處子之身，也是我見過最為豐滿肉感的女子，我看得出來，身邊美女裡沒有人比她更適合當性愛玩伴。她的頭髮烏黑直順如烏鴉羽毛，一對如烏檀般黑亮的巨乳碩大飽滿，腰枝極細，臀部卻無比寬闊，是我生平首見，她的大腿極為豐腴，足以讓我睡過的所有女人自慚形穢。

我把打算買下的女奴都牽到一邊之後，就請奴隸商和阿里進來，告訴他們我看上哪幾個。第二天就是拍賣女奴的日子，我要阿里務必準時到場為我買下選中的這些女奴，然後就離開了。

隔天中午，阿里將我前一天選中的女奴全部送到我住的地方。我先挑了其中四個女奴來測試。她們以前只睡在土耳其老色鬼的懷裡，我現在要讓她們知道年輕法國公子與眾不同之處，讓她們好好品嘗生猛肉棒的滋味，再用寶貴的生命精泉灌飽她們。這些女奴嘗到甜頭，從此之後貪得無饜。

接下來兩個禮拜我都和新買的女奴一同尋歡作樂，不過只限其中幾個已非完璧的女奴。選中的女奴裡有三個仍是處女，還沒有被那個老色鬼開苞。

我就這樣留連於眾多美貌女奴的懷抱之中，荒淫廝混了好些日子，直到某天，我僱用的通譯前來求見。會面時，他告訴我他已經尋得君士坦丁堡城裡數一數二的美麗少女，她父親是個窮機械工，他已經問過了，也開過高價，但是機械工無論如何都不願和女兒分開。不過通譯說，如果我真的有意要人，也可以暗中劫走少女。

我向通譯保證，如果他能幫忙劫來這名少女，我就會給他一大筆錢。通譯找了阿里一同商量綁走少女的最佳計策。

他們決定趁夜等在少女家外圍，只要看到老機械工出門，他們就帶一群閹奴衝進屋裡，在閹奴協助之下用東西塞住少女的嘴，然後把她抬到屋外的一頂轎子裡，一路抬回我這裡。我同意了，也允諾事成之後給他倆一人一筆豐厚酬金。

只等到第三個晚上，他們就成功劫走少女。那天晚上我正悠閒地躺在其中一個美麗女奴的懷中，一群啞奴突然押著嬌豔如花的女孩進了我的房間，我心裡又驚又喜。

我從啞奴手中接過少女，讓她坐在軟墊上，揭開她臉上的面紗，還把塞在她嘴裡的物事也取下。我細細打量她，確實生得美若天仙，我開始剝光她的衣服，想要看看她裸體的樣子，順便檢查掩藏在衣衫下的美妙之處。

噢！好一副凹凸有致的迷人嬌軀，我看得雙眼幾乎要噴出火來。

我得叫好幾個女奴來幫忙抓住她，才能好好撫摸玩賞她的身體。我已經慾火中燒，恨不得馬上佔有她，我熱烈瘋狂地吻遍她全身、用嘴緊緊地堵住她的櫻唇、使勁吸吮她嫩紅的乳頭，也不忘在她的陰唇上好好舔吻一番。

我幾乎要撲在她身上一逞淫慾，不過想到自己先前已下定決心，要讓這幾個處女保留完璧之身，等到回法國之後再佔有她們，我一躍而起，撲進瑟蕾絲汀懷中，往她的蜜縫直捅到底，剛好來得及射在裡面，沒有讓玉液瓊漿噴滿地。

之後沒有多久，阿里幫我找來另外兩個女奴，都是從赫勒斯滂海峽[1]的一個小島上擄來的。

在帶來的金錢幾乎用罄，準備啟程回國之前，我無意中得知阿里有個女兒，據說是君士坦丁堡城中的第一美女，於是我決定再等一陣子，看能不能想辦法把他的掌上明珠弄到手。

我手頭上所剩無多，沒辦法開出天價誘惑貪婪的阿里，我決定要盡手段劫走她。於是我故意支開阿里，要他出城一趟。

阿里為了不讓我見到他女兒賽琳娜，特地將她禁足在宅中某處。當天我就找到阿里禁足女兒的地方，我迅速安排好一切，天一黑就可以動手搶人。

我讓所有閹奴和啞奴陪著眾姬妾、帶著所有行李上了雙桅帆船。

我以重金賄賂通譯，拉攏他參與這次行動。我找了頂轎子，在通譯的幫忙下很順利地潛入賽琳娜住的房間。她已經睡著了，我們悄無聲息地塞住她的嘴，把她抱進轎子裡抬走。我們很快帶齊其他珠寶財物上了帆船，十萬火急中揚帆出港，全速駛離。一直等到船駛入地中海，我才感到安全無虞。

我到船上才放開賽琳娜，她發現自己被擄走時反應十分激烈，我刻意躲著她。出海不過幾天的時間，真是奇蹟，船上的顛簸足以讓她服服貼貼，我靠近她的時候，再也沒有惡毒辱罵聲排山倒海而來，也沒有土耳其詛咒劈頭蓋腦落

1 即今達達尼爾海峽。

下。事實上，除了卡洛琳、瑟蕾絲汀和來自努比亞的黑女奴，船上其他人暈成一片。

沒暈船的三個人負責照料大家，有些人一直等到啟程後的第三還第四天才慢慢適應。接下來就是無盡的逸樂、嬉鬧和魚水歡愛。

等所有人都康復之後，我們停泊在地中海一個小島旁，島上青蔥翠綠、杳無人煙，我們在島上休息了一天一夜。

到了晚上，我打算讓所有姬妾到海裡洗個澡，就在船桅橫桿的桿端掛上一張特製的超大帆布，帆布直垂到水中。我要她們脫下身上華麗的衣裙，換穿純白的棉布衣褲，然後帶她們到甲板上，我挨個推她們下水，她們滑下去之後剛好落在超大帆布中間。至於水手們，我已經預先派他們駕小艇到離帆布數碼遠的海面駐守。

她們在水裡盡情嬉鬧取樂，玩了至少一個小時，我才指揮奴隸用絞索放下一張特別配置的扶手椅，把她們一個個拉回船上。等她們換好衣服，我領她們回甲板，她們在那兒玩耍喧鬧，淘氣不已，不知該說像小貓還是猴子。

我喚來一名閹奴，要他取來幾樣我在君士坦丁堡買下的樂器。

伊賽都和另外兩個女奴彈起單弦琴，伊賽都輕啟朱唇，唱了幾首哀悽動人的家鄉曲子，歌喉甜潤婉轉，在場的人無不心有所感，黯然悲戚。接著瑟蕾絲汀也彈起吉他，為我唱了幾首來自親愛祖國的法文歌曲。

我們一同尋歡作樂，到了深夜時分，奴隸們備好晚餐送到甲板上，我們就在月光下享用佳餚。

航程中途我就這樣左擁右抱、縱情享受，將近五週之後，船終於駛入布列塔尼古堡附近的小港灣。我讓所有姬妾在那裡下船，所有物資也安全卸下，接著就著手準備後續一切。至於後續如何，且看下章便知分曉。

第十章

經過一天的休養生息，第一要務就是向帶回來的閹奴和啞奴交代他們各自的任務。我要他們專門負責護衛和服侍我所有的姬妾，無論她們是在房間裡，還是到花園或是古堡外的灌木林中遊逛，都不能讓她們離開視線範圍。

安排好守衛之後，我準備為船長和所有船員籌辦一場盛宴。他們在整趟航程中表現優良、進退合度，沒有作出任何踰矩越軌的舉動，我非常滿意。

在地中海讓眾女下水洗澡那個晚上，這些水手本來全都要退到艙內，是我叫他們回來，派他們乘小艇到遠處。為了回報他們的正直舉動，我決定為他們舉行一場媲美皇家饗宴的盛宴。

傍晚時分，我派人帶話給船長跟船員，要他們前來古堡。半小時之內，他們就被迎進古堡。我先讓眾姬妾都待在別處的房間，然後才帶船長一行人參觀花園和灌木林，美景當前，他們看得眼花撩亂，對於古堡的奢華富麗和高尚品味咋舌不已，還稱呼這座古堡為「百美之堡」。

大約六點的時候，一個男僕前來通報說晚餐已經備妥。我先前已吩咐僕役在噴泉大廳中設宴，就領客人前往大廳。

用餐完畢後，伊賽都和另外幾個我從土耳其帶回來的女奴拿出樂器，為我們帶來一場東方音樂饗宴。接著由卡洛琳彈鋼琴、瑟蕾絲汀彈豎琴，合奏數首明快活潑的法國和義大利曲子，來自希臘諸小島的幾名美貌女奴聽到音樂，站起來和著曲子跳起希臘民間流行的羅美伊卡舞和其他民俗舞蹈。

希臘女奴跳完之後，穿著索卡西亞民俗服飾的伊賽都和另外兩個同鄉女奴也跳起家鄉的民俗舞蹈。

在她們之後上場的是喬治亞邦的高加索美女，接著是我的努比亞黑女奴，她穿了一件及膝的襯裙，裙上是一襲精緻藍色薄紗製成的罩袍。

黑女奴的舞蹈狂野迷人，甚至在地上翻滾起來，她下身半裸，不僅露出大腿和豐臀，連下身那處黝黑蓊鬱的祕谷都忽隱忽現。

瑟蕾絲汀和卡洛琳也站起來，到場中翩翩起舞，換蘿拉坐下彈琴。

她倆和努比亞女奴一樣穿著短襯裙和罩袍，舞姿魅惑煽情，恣意展現大自然恩賜給她們的曼妙身軀。

不管是高級幹部還是水手，看了舞蹈之後，全都鼓掌喝采、讚不絕口。

到了大概晚上十二點，我送走水手們，只留下船長和四位船員幹部。

水手離席之後，我們就不再拘束、混坐一席，幾位幹部周圍美女雲集。其中幾個女人已經許久沒嘗過我的肉棒，她們一臉哀怨，望著身邊男人的眼神飢渴無比，我全看在眼裡。要不是我還在場，我想她們應該會像乾柴碰上烈火，馬上和男人打得火熱。

我拍了拍手，幾個閹奴走進來，他們點名蘿絲、瑪麗、瑪奈特和另外兩個女孩，領她們去別的房間，房裡已經備好幾張床。然後我就向船長和四位幹部告退，讓閹奴帶他們到剛剛五個女孩去的房間。

幾個男人一進房就發現五張床上各躺了一個女孩，女孩們也發現剛好進來了五個男人。兩邊人馬這下可是又驚又喜！噢，他們看到彼此時，興奮得都喘起粗氣了！

他們馬上心領神會，知道我為什麼要送他們到這間房裡。船員們都進了房間之後，我讓所有姬妾回我們的臥房，只留下一個嬌滴滴的喬治亞美人作陪，然後我就進了和那五對男女所在房間相連的一個房間。

這個相連的房間經過特別設計，另一間房裡發生什麼，我都能看得一清二楚，但是那間房裡的人卻看不到我。

這些男人進房之後就撲到床邊，想要抱住床上佳人，但是女孩們全部裸著身子跳下床，開始脫男人的衣服，她們三兩下就把男人脫得一絲不掛。接下來的景象可真是春色無邊！

男人把女孩推倒在床，然後撲到她們身上，女孩全都將大腿張得老開。幾個男人的陰莖全都硬得像鐵棍一樣，猛地貫穿身下女孩蜜穴中的柔軟肉褶，插得她們渾身酥麻，花心裡只覺得無盡歡快舒暢。只聽得淫聲浪叫不斷，再看她們纏綿互吻、腰臀扭擺、不斷抽搐的樣子，甚至亢奮得在男人脖頸上留下齒痕，我知道男人在她們體內至少射了兩、三發玉漿瓊津。我以前從來沒有看過這麼多對男女同時幹得這麼熱情奔放，也沒有看過哪對辦起事來比他們更暢快淋漓。

看到這麼火辣煽情的景象，我和女伴也慾火高熾，不得不回去臥房，想要跟他們一樣盡情歡愛。

上樓梯的時候，我的喬治亞女奴絆跤摔傷了，我只好進臥房另找對象，要在她體內注入魔力精泉的過剩玉液。我的陽剛之泉太久沒有噴洩，已經快要滿溢出來了。

走進臥房之後，第一眼看見的是躺在床上的努比亞少女，我決定當下就為這名豐滿的黑女奴破處，當作獻給愛神的神聖祭禮。

我走近床邊，打手勢要她起來跟我到上賓臥室的大床上。

我倆赤條精光地上了大床，我馬上讓她仰躺，在她肥大的臀部下方墊個靠枕，這樣的姿勢最利於抽插。我整個人都俯貼在她身上，手扶龜頭試圖挺入她陰唇之間的窄縫，但卻徒勞無功。

我起身拿了軟膏抹在龜頭上，充分潤滑過之後再度叩關，這次終於探入花徑，勇猛挺進之下，成功突破了守護處女蓄苞的防禦障壁，我這才發現她的蜜穴真可謂仙谷神境！我雙臂緊箍住她，愛慾箭矢蠻橫搶道、長驅而入，穿過翕張輕顫的膣內媚肉，直抵谷內最深處，老天！這滋味委實銷魂！

雖然我霸王硬上弓的時候，可能讓她吃痛，不過等我一開始在她的花徑裡前後磨弄，她就挺動腰臀迎合我，不僅精力充沛、肌肉彈韌，那種愉悅的情態更讓人不敢相信這是她的初夜。

我為這個黑女奴取名「色列思」，她還很年輕，不到十五歲。她的蜜縫狹小緊窄，誘人至極，就算我的肉棒已經整根插入，前後抽送的時候還是萬分艱辛。我的活塞桿在緊緊吸夾的肉筒裡一番捅搗之後，慾庫精閘頓時一鬆，一股滾燙洪流噴湧而出，淹沒花心最隱祕處。她的身體一顫，快感如電竄過全身，我馬上感覺到，在我的凶猛矛刺之下，她的靈慾精華即將從那翕張的孔口傾洩而出，證明她在被破身之刻，也同時被我頂上極樂高峰。

經過我倆愛液淫津的滋潤，她的蜜穴已經多少比較好插入，但是蜜徑緊狹依舊。

直到清晨時分，初嘗人事的她開始懂得享受被肉棒插滿的絕妙滋味。她蜜穴中的皺褶在我持續搗磨之下略微擴張，不過仍然緊得美妙難言，而且恰好適合我的粗大陽物，讓我越插越帶勁，否則前三、四次挺進的時候，蜜徑太過緊狹，差點連包皮都磨破，我痛得沒辦法好好享受那種舒暢快感，根本難以盡興。

早上下去吃早餐的時候，我見到昨天送去陪船長和幹部的幾個女孩，她們昨晚被幾個男人狂操猛幹，看來已經疫疼到舉步維艱的程度。

我白天騎馬出去，到附近的鄉村裡繞繞，晚上才回到古堡。經過其中一個房間的時候，聽到不少人竊竊私語的聲音，我凝神一聽，其中有個女人在和幾個男人對話。我悄悄打開門，眼前竟是我的幾名愛姬，卡洛琳、瑟蕾絲汀、羅莎莉和蘿拉，她們和四個我僱來堡裡幫傭的鄉下傻大個兒在一起，我心中無比震驚。

他們全都躺在地上，女孩們的衣服全都撩到腰上，男人的老二都露在褲子外面。女孩們忙著上下套弄這幾根疲軟萎靡的傢伙，試圖讓它們恢復活力、再振雄風，看得出來它們剛剛才賣力效勞過。

我沒有讓他們看見我，輕輕關門之後就悄悄走開。我陷入沉思，她們犯了錯，但是該怎麼處置她們呢？

我沉吟良久，最後作出決定，在這件事上我既無權發言，也無權處罰她們，食色性也，她們會做出這種事，不過是本性使然。而且我也想到自己曾經分別向她們承諾，來到古堡後，她們的生活將不虞匱乏，從前可以恣意享受的一樣不少。我打定主意，絕口不提這件事，不過至少要狠狠嚇唬她們一下。

晚餐之後，我坐在噴泉大廳中，身畔鶯燕齊集，幾個希臘美人和著單弦琴的樂聲跳起羅美伊卡舞，舞姿妖嬈魅惑。我拍了拍手，四名啞奴走入大廳。

我指著昨天被我看到和男傭偷歡的四個女孩，要啞奴抓住她們。

啞奴用絲質腰帶綁住四個女孩的手腕，拉她們到我跟前。

我緊蹙眉頭、一臉暴戾，控訴她們自甘下賤，竟和僕人偷情。

她們極力否認，堅不吐實。

我要啞奴剝光她們的衣服，再取出一根細馬鞭，開始抽打瑟蕾絲汀光裸的臀部，我下手很輕，只打得她臀肉泛紅，潔白如雪花石膏般的雙股染上一層瑰麗的胭脂色澤。四個女孩一齊跪倒，坦承過錯。我告訴她們，這樣我要加重處分，而且她們理當受罰。

唔，我事前派人從村子裡找來四個樣貌俊俏、身強體壯的莊稼漢。我向啞奴打個手勢，他們走出大廳，很快帶回這四名壯漢，他們的雙眼都被幪住。

壯漢被帶進大廳之後，我和他們閒話家常，還叫人送上一些可可飲料給他們品嘗。可可飲料是我特別準備的，裡頭摻了一些媚藥，喝下之後會情慾勃發、慾火高熾，四小時以內都會興奮得難以抑制。

四個壯漢全身精光，可可喝下肚沒多久，他們的胯下長矛全都硬梆梆地貼腹挺立。

我幫四個女孩解開腕上束縛，叫她們躺在準備好的軟墊上，然後把四名壯漢分別拉到她們跟前。我讓女孩們與男人相擁，要他們提槍上陣。男人火速趴到女孩身上，整整三個小時幹得她們死去活來。

他們狂插狠操身下女體，還不時交換女伴，整整幹了十四次。

幾個女孩一開始還飄飄欲仙，到最後就渾身脫力、倦憊欲死，被折騰得全身是傷，幾乎要散成片片，她們的陰唇被插得紅腫軟垂、皮翻肉綻，每個人大腿間都有一汪陽精小湖。

看到可可的壯陽神效逐漸減弱，我派人送走四名壯漢。四個女孩還躺在地板上，她們已經被操得不省人事，連手腳都無力移動。

「處罰」她們的時候，我自己也沒閒著，我在努比亞女奴的小穴裡洩了三次。當晚我睡在色列思懷裡，早上起床時，我在想接下來幾天應該收斂一點，將熾烈的愛火慾焰保留給處女伊賽都，在她的寶貴初夜好好表現。

第十一章

三天後的晚上，我精心籌備的一場盛會登場，晚宴豪奢高雅，只怕連耽於逸樂的伊比鳩魯老頭都會被誘惑。所有姬妾都出席，我拚命敬她們酒，到最後只剩伊賽都還保持清醒，其他人全部醉成一片。

我示意要大家一起回到臥室，美人們走起路來東倒西歪、步履蹣跚，活像一群酒醉水手。進臥室之後，我們全部脫得精光。我抱住伊賽都，將她扛起來丟到大床上。我這幾天快被色列思吸到一滴不剩，不太確定自己能撐多久，就喚人送來一杯神奇的可可飲料。我一飲而盡，只要喝下這杯，我就能稱霸全場。

接著我一聲令下，女孩們全都圍到大床邊彈奏起手上樂器，還輕啟歌喉，唱起我為了紀念這一夜所作的美妙曲子。

我已經蓄勢待發，就上了大床，讓當晚的犧牲品擺出最佳姿勢，自己抵在她雙腿之間。我還交給其中一個女孩幾根細鞭，指示她待會兒用來抽打我的臀部，務必打到我吃痛。

我扶好攻城槌，試圖叩關。在我的猛烈突刺之下，穴口的柔軟蜜肉被頂開，龜頭探了進去。伊賽都痛得尖叫出聲，我渾不在意，她的哭喊在我耳裡彷如天籟。聽她的叫聲，我知道我快要抵達花心最深處了，胯下加緊捅撞、所向披靡，鞭子抽在臀上的疼痛更激得我加倍使力。我猛力一撞，直直貫入蜜穴極盡幽深處，一股新鮮熱燙的精流同時激射而出，充分撫慰滋潤她飽經摧殘的蜜肉和正淌出破瓜之血的嬌美小穴。我覺得陰莖和兩顆囊丸也都要跟這瑩白玉漿融在一起了。

我趴在伊賽都胸前休息一會兒之後，攻城槌再度耀武揚威，準備再次應戰，我抖擻精神，驅槌直入谷口。

我在她身體內整整宣洩了三次才翻身下來，不過她一次都沒有洩。她躺在那兒，痛得不停呻吟，我探頭一看，才發現蜜穴口已經被我撞到紅腫受傷。

我扶她起來，讓女孩們幫她洗個溫水浴，之後再幫她擦乾。我讓她躺回床上，給她喝了一點酒，我自己也喝了一點，這時候我發現胯下又恢復剛猛，準備再戰一場。

我一躍而起，在她腿間就位，費了好一番功夫才進到她裡面。

肉慾之神啊！她的身體裡真是滾燙如火！

那甜美蜜肉緊緊地吸住我的肉棒，真是爽快極了！

一番衝刺鼓搗、往復抽插之下，伊賽都在歡暢中醒來。

她的身體往上迎合我，在我體內燃燒的那股熊熊慾焰也蔓延到她身上。我驅著胯下那匹大汗淋漓的駿馬穿過蜜縫，直入那塊肥沃牧地，她拚命挪抬腰臀、速度越來越快，剛好接住我每一次賣力撞擊。她的雙臂緊箍住我，一雙雪白的大腿勾住我的背，她的美臀不住彈躍，竟然幾度撞得我震飛起來。我能感覺到她快要高潮了。啊……老天，她高潮了，她洩了！春水如飛瀑直洩而下。我也到了……精關再開，我射了！陽精滾滾湧出。天啊，太爽了！我快死了……哦……哦！我吁了一口氣，這口氣輕軟如微風，卻連魂靈都送出了竅。

我的天，這個索卡西亞來的美人，真是太淫媚、太銷魂了。不僅穴裡暖熱，她迎合我每次狠插時，更帶著一股火辣騷勁，陣陣快感席捲而來！我在她裡面的時候，她夾得可用力了！她被推上雲端那一刻，洩出來的玉液可真是豐沛！

我倆就這樣在色慾汪洋之中浸淫潛泳，在無盡歡愉中陶然忘我，在痛快和痛爽間流連徘徊，極樂滋味無以言喻，箇中美妙旁人難揣、筆墨難形。不管是軟癱回教信徒懷中的天堂女神，還是希臘神話裡極樂彼岸上的眾英靈，都不曾享受過如此絕頂極致的舒暢快美。

之後一兩天我覺得格外疲乏，便暫時休兵、養精蓄銳，一直等到我上船出海才再度回應愛神召喚。這次我打算向西航行，到海洋以西的古巴和西班牙大陸[2]尋覓如花美眷，希望能在那裡找到幾個熱情如火的美女廝磨纏綿一番。

我們沿著海岸航行，途中進駐波爾多港，讓水手們有機會找女人樂一下。兩天之內，這些水手全都止飢消火，我們出海駛向哈瓦那，打算在那裡停留一陣子。島上女子的美貌遠近馳名，我欽慕已久。

到了哈瓦那之後，我在一間高級旅館訂了幾間房間，然後交代船長保持機

2 指今加勒比海及墨西哥灣一帶海岸，當時為西班牙屬地。

動，只待我一聲令下，隨時就能起錨出航。

在旅館餐廳裡與其他賓客共享合菜的時候，我注意到同桌一名黑髮美人，她模樣標致、神采飛揚，看來明顯是島上居民。雖然她的雙眸掩藏在額上的深黑瀏海之後，但是我感覺得出來，用餐的時候她頻頻朝我看來。不過只要我的眼神一和她對上，她就立刻垂下雙眼，看向餐盤或其他地方。我由這點判斷這次不僅很有機會，而且勝券在握，相信自己已經成功擄獲她的芳心。

到了晚間，船長陪我一道上戲院看戲，兩個人都全副武裝。我在戲院裡看到那位女士，她和幾名年長男士在一間包廂裡，我想其中一名男士應該就是她的丈夫，他不僅面貌醜惡，看起來脾氣還很暴躁。

她回家時，我一路尾隨在後，盤算著如何拐走她。

次日早上經人介紹，我認識了唐．曼紐爾．巴斯克先生，那天坐在我對面的可人兒，就是他的妻子伊莎貝夫人。

我告訴巴斯克先生我的身分顯赫、富可敵國，這次是乘著私人船艇出門旅遊尋歡，還邀他到港口參觀我的帆船。

他應邀上船，一塵不染的甲板和裝飾華麗的艙房令他讚譽有加。

我擺桌邀他共進午餐，席間不停敬他香檳，他要下船的時候，已經喝得酒酣耳熱、興高采烈。到了旅館，他邀我上樓到他的套房，把他的夫人和剛好在她身旁的幾名女士全都介紹給我。

我以眉眼傳情，使盡渾身解數，要讓伊莎貝夫人知道我對她特別眷顧，而且已經為她的迷人風姿所傾倒。

閒談一會兒之後，我回房更衣準備待會兒下去吃晚餐，順便寫了一張字條要給伊莎貝夫人，傾訴我對她的款款深情，懇求她讓我私下見她一面。從她看我的眼神，我知道她對我也有好感。

晚餐後我去和他們夫婦打招呼，趁機把字條塞進她手裡，她馬上把字條藏在衣裙褶層之中。接著我就回房等候消息，我相信很快就能收到回覆。我沒有等很久，幾小時之後，一個黑人女僕開了門，她探頭進來想確定我真的在房間裡，看到我之後就丟過來一張字條，然後就關門離去，一個字也沒說。

我馬上撿起字條打開一看，她果然答應了我的請求！

她願意和我私下見面。字條裡寫說她丈夫第二天要去莊園視察，明天下午三點鐘左右是她的午睡時間，她會一個人在房裡。

等待的這段時間無比沉重，我從晚上、深夜，熬到隔天上午，吃完午餐之後，我回到房間，把懷錶放在桌上，直勾勾地盯著指針，看著磨人的時間一分一秒過去。三點一刻的時候，門開了，還是那個黑人女僕。她探頭進來，東張西望半天才退開，沒有把門帶上。

我跳起來跟在她後面，走到她女主人的房裡。進房之後，我發現伊莎貝夫人斜倚在沙發上，身上衣著輕便雅致。她朝我伸出一隻玉手表示歡迎，我握住她的玉手親吻致意。

她請我坐下，我便坐在她身旁的腳凳上。我將她的手握在掌中，向她傾吐我的滿腔深情，請求她不要拒絕我的愛。她一開始聽我向她示愛，臉上還露出十分訝異的表情，甚至半帶嗔怒。但是當我進一步細訴熱戀情衷，陳說這股熾烈深情如何將我吞沒殆盡，向她要求善意回應的時候，她的態度似乎漸趨軟化，甚至坐起來空出位子，讓我坐到她的身邊。

坐到她身邊之後，我攬住她的腰、擁她入懷，懇求她愛我，甚至求她拋下她丈夫，和我一起遠走高飛到天涯海角，在那裡享盡淫樂豔福、度過餘生。

我告訴她，她的丈夫已是風燭殘年，守著他不僅沒有幸福可言，更無法獲得女人應受的眷顧寵幸，像她這樣芳華正茂的少婦，正該找個忠實專情的年輕愛人，和他共效于飛，享受真正的魚水歡愉。

她嘆了口氣，低著頭告訴我，她不知道我剛剛說的那些眷顧寵幸、魚水歡愉是什麼樣的感覺，因為她的丈夫從不曾那樣對待她。從她新婚到現在，她的丈夫鎮日忙於飲酒賭博。巴斯克先生雖然放任愛妻在家裡自己找樂子，但是妒心使然，如果沒有他陪在身邊，他絕不容許妻子出外拋頭露面。她又嘆了口氣，還說如果上天能賜給她一個像我這樣的男人就好了。

也不知道是怎麼回事，但是等她說完之後，我發現自己的一隻手已經解開她衣服的前襟，伸到連身內衣底下，正搓揉著一顆豐滿堅挺的奶子，我的唇也已經覆在她的唇上。

因為我傾身俯在她身上，不知不覺就推倒了她。我倆渾然不察之下，她已經把頭擱上沙發軟墊，我也壓到她身上。

我向她承諾會永遠愛她、絕不變心，求她給我機會讓我提出有力證據，證明我的溫柔深情。雖然她已為人妻，但我相信她不過稍識雲雨，只是隱約知道男女歡愛時會無比舒暢爽快，只要她願意，我就能用行動說服她。同時，我一件件剝開她的衣服，直到觸及她豐腴堅實的大腿。伊莎貝已經閉上美眸，頭垂向一邊，櫻唇微張，她的熾烈情慾被挑起，脈中血液奔騰，胸脯劇烈起伏。

我把她的連身內衣高高撩起，一叢烏黑細長的毛髮在我眼前展露無遺。我解開馬褲的鈕扣，輕輕施力分開她的雙腿，趴到她腿間。

我用手指撥開陰唇，緩緩插入愛慾起動桿，才一會兒，我們已經浸淫在極樂歡愉之中，幾欲昏死。

我趴在她胸前大口粗喘，她在我身下一動也不動。我發現胯下依然腫脹堅硬，幾乎完全沒有消退跡象，龜頭昂然怒挺、不住彈跳，我知道它已經準備好上場再戰，快要等不及我的號令，我開始在她身體裡往復抽送。

「可人兒，」我喊著，「太美妙了！爽極了！老天！」我說：「妳幾乎跟處女一樣緊，穴裡的蜜肉夾得我的肉棒好緊好美啊！」

她緊緊箍著我的脖子，大腿勾住我的背，溼潤的紅唇緊緊黏著我的。我們的舌尖交纏。她不停挺動迎合我，精力充沛、騷辣淫蕩，激勵我更加賣力衝刺。我感覺她的俏臀挺動得更快更猛，知道她快要飛上雲端……我也快了。

「啊……老天！哦！好棒……要射了！射了，射了，親親寶貝，都給妳了……好棒，好爽，真是美妙極了！」我再度潛泳於極樂慾海之中，沉溺在無邊無際的痛快舒暢。

等我們都清醒回神，我站起來，緩緩地將她的衣服往下拉到腿上，再將她拉到身邊。我溫柔地吻了一下她輕翹的唇，將她擁入懷中。我問她，過去這一年她的性愛體驗只是淺嘗即止，現在終於被一根貨真價實的巨大陽物餵飽的感覺如何。

她的回答是極盡纏綿熱烈、令人血脈賁張的一吻。

「噢，親愛的！剛剛那樣不算什麼，如果妳願意帶著妳的全部家產跟我遠走法國，我們以後就能過著幸福美滿的生活，妳就能沉浸在不久前的那種極樂狂歡裡，生活裡充滿愛慾和歡愉，從早上、中午到晚上，我會好好地愛妳，愛妳的全身。我們會在愛慾和歡愉中恣意享受、盡情徜徉！」

伊莎貝搖響一個小鈴，還是那個兩次到我房間門口探頭，黑得像塊烏檀般的女僕。

伊莎貝要她送午餐進來，黑人女僕很快端來一些冷食和好酒。

酒足飯飽滿足食慾之後，我們的注意力又回到愛慾。我起身離座，領伊莎貝到沙發坐下，我拉她坐到我膝頭，往上撩起她的外衣和連身內衣，解開襯裙繫繩，把玩逗弄她的一對豐乳。她的奶子真美，豐滿堅挺，乳頭有如兩顆鮮嫩迷人的草莓。

她的手也沒閒著，我在她胸前忙活的時候，她解開我長褲褲襠上的釦子，掏出我的老二盡情欣賞玩弄，還使勁套弄鮮紅龜頭，逗得它充盈挺脹。

我扶伊莎貝站直，她身上的衣服全都滑落在地，她就這樣裸身站在我面前。多麼美豔迷人的肉體，我讓她轉了一圈又一圈，用我的眼和唇盡情享用她的嬌軀。她的肚腹柔軟腴潤、臀部豐翹，特別是那甜美的狹小蜜縫，真是最美的傑作，我緊緊摟住，狂亂地吻著，她也滿懷熱情地回應我。

她跪到我腿間，開始愛撫我的陰莖，又將它按在唇上，她輕輕嘟起唇瓣，慢慢含住碩大赤紅的龜頭，我稍稍往前挪動，龜頭進到她的嘴裡，她開始吸吮，柔軟的舌頭在龜頭上來回打轉，她還不停用舌尖撥弄它。讓她再這樣玩下去，我就要射出來了，我勉強捺住慾火，將陰莖從她的嘴裡抽出來，她還想再含住它。我讓她躺在地板上，在她的臀下墊了幾個軟墊，自己趴到她身上，頭湊到她腿間，陰莖跟兩顆巨石剛好往下垂到她臉上。她再次用嘴含住我的巨屌，我也伸出舌頭舔弄她的陰蒂和陰唇之間。

她的俏臀挺動得越來越快！看到她已經快高潮了，我突然起身坐上沙發。她也跟在我後面跳到沙發上，她的蜜穴輕觸我的臉。

她緊摟住我，屁股慢慢往下坐，碰到我直挺挺的那根。我扶它就定位，她緩緩坐下讓巨屌貫穿蜜穴。

我上下捅搗一番，就在她體內注滿瓊漿玉液，她也向愛神奉獻祕谷中的涓涓春潮。

她站起來的時候，陽精慾液從她的淫媚蜜縫中流洩而出，一灘一灘落在我身上，可見自然多麼慷慨，賦予我們如此豐沛的生命精華。

到了晚上，她又派黑女僕去點好晚餐端回房裡。我們安靜地用完餐後，就上床共枕同眠。那一夜無比美妙，甚至勝過從前我和其他女人共度的夜晚。

隔天她的丈夫就回來了，不過天黑之後我逮到機會和伊莎貝幽會，我們把握時間好好溫習前一天偷情的歡愉痛快。

過了幾天，巴斯克先生邀請六位年輕淑女和六位年輕紳士到他那裡作客，和他們夫婦共進晚餐。我也在受邀之列。

收到邀請通知之後，我馬上傳話給船長，要他先在機艙鍋爐裡生好火，只待我一聲令下，蒸氣帆船就能立刻發動啟航。

我在晚餐時間和巴斯克夫婦的其他賓客會合，發現其中三位女賓生得俊俏動人，另外三位容貌嬌美，各有迷人之處。

用畢晚餐，我開口邀請眾人到我的船上參觀，晚上順便乘船到近海一遊。

巴斯克先生極力稱讚我的豪華帆船和艙內典雅富麗的布置，還跟我一起遊說眾賓客登船遊覽。大家同意之後，我們叫來馬車載我們到帆船停泊處。上船之後，我們就駛離港口，沿著島岸向北航行。

帆船逐漸駛離岸邊，抬頭已經看不見城市，這時我把船長拉到一邊，要他等到天黑再將船開近海岸，因為我打算制住七個男客，把他們丟進小艇，就能把船上的女客都帶走。我要船長將我的計畫告知船員，叫他們準備妥當，隨時聽命行事。

傍晚將近，帆船駛近海岸，陸地上視線所及之處沒有任何莊園。我事先吩咐他們在甲板較寬處放滿木材，這時候就假意要船長叫水手們來把木材搬走。

十六個體格壯實的水手從船尾走出，他們突然動手抓住所有男客，還綑住他們的手臂和腳。我這時才告訴眾男客我的意圖，還叫水手們把女客都帶到下面的艙房。眾男客雖然不斷咒罵，還是一邊為女孩們求情，幾個女孩都是他們家族中的女眷。我不理不睬，要水手把他們帶進小艇，送他們上岸。上岸之後，水手幫他們鬆綁，放他們自由，然後就乘小艇回到船上。我們啟程回返法國。

留在船上的頭一兩天，幾個女孩鎮日流淚啜泣，不過我很快就讓她們恢復理智。請眾男客上岸之後，我就進到船艙裡，伊賽都和瑪麗本來躲在艙內，我叫她們出來，向眾女客介紹她們兩個。

到了晚餐時間，女孩們堅決不肯坐到桌邊用餐。我告訴她們，如果不乖乖聽我的話，我就把她們交給那些水手，讓他們愛怎麼玩就怎麼玩。這話很有效，她們聽完之後順從地坐到餐桌旁。

我搖鈴喚人，兩個女僕走進船艙，身上一絲不掛。我讓水手們帶幾個女人上船，她們是其中長得最標致的，我要她們赤身裸體到桌邊服務。

幾個西班牙女孩一臉憤怒，幾乎當下就要站起來抗議，我威脅她們說誰先站起來，我就送誰去給水手。這次恫嚇同樣有效，她們老老實實地坐著。

女僕倒咖啡的時候，我起身離席，假裝要去拿壁邊小桌上的東西，其實是為了在每杯咖啡裡加幾滴特別的藥水。

任何女人，只要喝下咖啡，杯裡的劑量足夠讓她春情蕩漾、慾火焚身。

她們全都喝了咖啡，半小時之後，藥效很明顯開始發揮了。她們再也不像先前那樣拘謹害羞，反而風情萬種地朝我猛拋媚眼，取笑兩個女僕赤裸的樣子，女僕走到她們附近的時候，她們就伸手掐捏或是摑打女僕。加在咖啡裡的藥水委實具有奇效。

用畢晚餐，我讓女僕收拾桌面，然後就開始和西班牙小美人推搡嬉鬧。我推著她們在地板上打滾，跟她們玩遍千種情趣花招，她們熱情以對，把我推倒在地，一個接一個壓在我身上。我在美人堆中大吃豆腐，這裡親一下小嘴，那裡抓一把奶子，這邊手順著大腿往上摸，那邊手伸進襯裙握住修長小腿或圓潤膝頭。我叫人送來烈酒，酒裡已經事先加了春藥。我拚命灌她們酒，她們樂得開懷暢飲，數小時之後，她們就把莊重矜持全都拋到九霄雲外了。

我一把拉住伊莎貝，邀她和我一起到其中一間特等客艙裡，她早在旅館裡就和我勾搭上，她丈夫和其他男客都被我一道送回岸上了。我問她，我把她拐跑，送她先生一頂大綠帽，她會不會原諒我。伊莎貝一語不發，她撲到我懷中和我熱情擁吻，我的求情字句全被她封在唇瓣之間。

第十二章

我要伊莎貝脫掉衣服，然後向她告退，我說我很快就會回來找她。我走出艙房要瑪麗去準備，回來的時候發現伊莎貝已經脫到只剩一件連身內衣。

我也跟著寬衣，脫掉襯衫之後，我親她一下，伸手把她的內衣往上拉，我們兩個一絲不掛地站著。我打開房門，一把抱住伊莎貝，扛她走到另一間女孩們待的艙房。

這時候，伊莎貝和其他跟她一起上船的女孩都已經醉態百出。看到我們光著身子走進來，女孩們又笑又叫。她們一擁而上，在我們身上又搔又捏，推來打去。有人伸手往我胯下撩抓，有人揪拉覆在伊莎貝蜜穴上的毛髮，有人拍打我們光裸的屁股，還有人乾脆把我們推倒在地，讓我們身軀交疊。我不甘示弱，也試著捉住她們，撩起襯裙捏她們的屁股，還挺著胯下的龐然巨械，用龜頭拍打她們毛茸恥毛下的陰唇，又把粗硬巨械強塞到她們手中，要她們陪它好好玩玩。

我抓住其中一個女孩，在伊賽都跟伊莎貝的幫忙下，很快將她脫個精光。我把她的衣服交給瑪麗，要瑪麗跟伊賽都把衣服拿到別處。等瑪麗回來，跟我一樣赤著身子的她幫我鎖住艙房，把我和其他女孩關在裡頭，幾分鐘之內，我就把她們全剝得光溜溜的。

哦！接下來我們混在一起互相撩撥玩弄，花樣百出，極盡淫靡放浪。她們摳搔我的巨大球囊和石丸，搓揉摩弄我的巨屌，玩得不亦樂乎，我捏揉她們姣好的雙乳，還用指尖搔弄她們的蜜穴。

其中一個女孩肯定不到十四歲，這個小妖精被我摳搔得春水直流。其他女孩看了，覺得好玩極了。她們看她頭倚在我肩上，雙腿大張，嬌喘低吟不絕於耳，只聽她「哦……哦……啊……啊……我……我……」喊著，股間愛液源源不斷流洩而出，順著我的手指淌下，沾溼我整隻手掌。

我用手指撫弄親親小美人的時候，伊莎貝趁我不注意，蹲到我腿間含住巨屌幫我口交。我一直到躺在我肩上的小美人洩完了才發現，不過那時候我已經被她弄到幾乎要一射沖天了，我想把陰莖從她嘴裡抽出來，但是她雙手緊箍住我的屁股，我的下半身被她緊扣住，囊袋中的石丸被她的下巴和脖子擠得微微發疼。

我忍不住開口：「老天！快放開……要射了！」

伊莎貝不僅沒放手，還抱得更緊，舌頭在龜頭上舔得更加起勁。

感覺已經到了最後關頭，我不由自主地挺動腰臀，陽精噴湧而出。

「射了……哦……射了。啊，老天！爽！太棒，太美妙了！噢，天啊，快點！噢，好爽……要升天了！射了……」實在太爽、太痛快了，我竟然躺倒在地昏了過去，我在慾浪中載浮載沉，渾身肌肉跳動顫抖，好像患了聖菲特舞蹈症。

我敢說，世界上絕對沒有其他男人曾經被女人搞得這麼爽過，絕對沒有。絕對沒有其他男人體驗過這種至極的舒暢爽快。也沒有女人曾經像我的伊莎貝一樣，在晶瑩陽精湧入口中的時候，舔弄得男人爽到好像要升天成仙。就算是插在最緊窄、最會吸的嫩穴搗摩，也比不上被伊莎貝用嘴吸到射出來的感覺，白稠汁津噴出的時候，她的舌頭抵在馬眼上來回舔弄，快感一波接一波席捲而來將我淹沒。

過了好一會兒，在這些嬌媚磨人精的逗弄摳搔下，我才恢復清醒。我讓她們搬來特等客艙裡的床鋪，在艙房地板上拼成大通鋪，然後熄了燈火，眾人一起躺下休息。我躺在伊莎貝懷中，為了答謝她剛剛讓我那麼痛快，我很快以熱情回報。

我在她的花心深處射了三發，每一發都暖熱豐沛，能讓女人服服貼貼，然後才擺好姿勢入睡。

睡了差不多兩小時吧，我被弄醒了，有人在搓摩玩弄我的分身，它已經昂然而立、威風凜凜。

原來是伊莎貝，她的屁股靠在我胯下，正在用後庭摩擦我的龜頭，還不時用愛液潤溼股間，讓龜頭可以在兩片豐臀間順暢滑動，如電般的酥麻快感傳遍我全身。

我表面裝睡，心裡很想幫她一把，暗地裡盡量調整姿勢配合她。

我圈住她的腰，幫她稍微墊高一邊的腿。

「噢，」她說，「你醒啦，想要再爽一點？」

我沒作聲，只是用龜頭抵住她狹小的後庭菊蕾。我往前刺撞，但是插不進去。她用手指沾了點唾沫塗在龜頭上，然後又讓它抵在菊洞上。這個姿勢實在太難進洞，我讓她翻身面朝下趴好，在她身下放了靠枕墊高她的屁股，將她的大腿往兩邊推開，挺腰到她腿間，試著從後面進去。我硬捅進洞，她拚命扭腰擺臀，還尖聲浪叫，差點把我甩開。

在她的熱情扭擺之下，加上緊窄菊洞不斷的收縮，吸得我精關一鬆，濃稠豐沛的慾漿如電流般激竄入她體內。

「噢，老天！」她喊著，「好棒！射了，射到我裡面了！好熱，親愛的。還要，快一點！哦……我也到了……要流出來了……老天！要死掉了……好棒！啊……好……好……好……舒服！」

我抽出來換插她前面的蜜穴，又用手猛搓她的陰蒂，兩邊同時刺激之下，她爽得一個字都說不出口了。

新任情婦的大膽放蕩為我開發了全新的歡愉泉源，我已經享受過她身上三個不同的洞，我承認伊莎貝已經鑽進我內心最深處，那種撼動心弦的感受，沒有其他女人可以將之抹滅。

四周還有那些嬌滴滴的女孩，她們醒來時發現自己光溜溜地和我睡在一塊，全都嚇傻了眼、一臉驚慌，看到她們的表情真是過癮。當她們看到我壓在伊莎貝身上，將早餐之前的開胃晨露洩在她嘴裡，而伊莎貝在下面吸得津津有味，我不得不說，她們臉上的表情真是太令人爽快了。

她們全都跳起來，想找衣服或什麼東西遮住身體，可惜一無所獲，艙房裡一件衣服都沒有，我老早就派人把衣服都鎖在櫃子裡了。

看到其他女孩嚇傻的樣子，伊莎貝這迷人的小東西幾乎笑到岔氣，她開始取笑她們，告訴她們昨晚發生的事，提醒她們昨晚一起胡天胡地的蠢樣子，她還試著勸導她們，要她們想開點。她表現出無比的耐心和毅力，向她們細述她昨晚跟我玩得有多興奮，末了還勸她們最好還是乖乖聽話，不要拂逆我的意思。我也開口相勸，告訴她們我要帶她們去一處仙境樂園，還說只要她們再有一丁點兒反抗之意，我就會把她們送去讓那群飢渴如狼的水手任意洩慾，不過，如果她們乖乖聽話，可保安全無虞，而且會受到最細心妥善的照顧，不管是多麼細瑣的需求，我都能立刻滿足她們。我最後告訴她們，乖乖跟著我，以後就能過著幸福奢華的生活，要是不願屈從，我就不得不把她們交給那群水手，讓水手們滿足一下淫慾，那她們以後的日子可就生不如死。

這番話著實有效，她們聽完之後，臉上清楚地寫著恐懼和驚慌。

我搖鈴喚來女僕，指點她去某處取一瓶酒送來。

女僕把酒送來之後，我倒出幾杯，要女孩們過來一人拿一杯。她們全都瑟縮在艙房角落。

聽到我的邀請，她們動都不動，還皺著眉頭。我命令她們過來把酒喝掉。她們走到桌邊舉杯飲盡。

我告訴她們待會兒就會送上早餐，叫她們在沙發上坐好。我讓其中四個女孩坐在其中一張沙發上，然後試圖躺在她們腿上，可是她們全都跳起來跑到角落。我決定要馬上嚇唬她們一下，這樣她們才會完全聽命於我。我叫來女僕，要她請大副過來，他在船上兼任我的隨身僕從。

大副一進船艙，我就吆喝女孩們回沙發上坐好，她們發著抖照做了。然後我就交代大副，誰第一個亂動，就把她拖到甲板上給水手照顧。

我走到她們前面，在其中一個女孩身上坐下，過了一會兒，又橫躺在她們身上，我看著她們，用肚子貼著她們的身體。我請坐在我腳下的女孩把大腿張開，我伸出腳趾抵弄她恥毛下的陰唇，我臉枕著的那雙玉腿也被我推開，我伸出右臂撐住這個女孩的兩腿，偶而用小指搔搔她的肉蒂，或者在她的陰唇之間摳弄，她忍不住在沙發上扭來扭去。我也不忘指揮撐著我臀腿的兩個女孩，要她們分別愛撫我的兩丸石球和粗壯的測量連桿。

我看中最年輕也最漂亮的那個女孩，趁著吃早餐的時候，暗中在她的飲料裡加了斑蝥酊，劑量足夠讓她春情勃發。

吃完早餐之後，我就帶她到沙發旁，拉她坐到我腿上。春藥開始發揮效力，她整個人都任我擺布。我又親又吸她的櫻唇和乳頭，手裡不住掐捏她的雙股、搓揉她的陰蒂，把我的龐然械具抵在她雙腿之間摩弄陰唇，直弄得春意盎然，我確信不管她的穴再小，我也能一舉挺進。她摟著我頻頻回吻，俏臀在我的大腿上拚命挺動摩搓，在在證明她下腹中的慾焰已經火舌猛竄。

她的幾個同伴都沒看到我在她的咖啡裡下藥，看到我們兩人打得火熱，她們全都目瞪口呆。不過她們絕對想不到，兩天之內她們也會和她一樣投入。

我在沙發上放了靠墊和枕頭，幫她墊好頭和臀部，然後讓這個異常飢渴的小妖精躺下，我把她的腿左右推開，在她腿間就定位。她殷勤地幫我的傢伙固定位置，讓我能進行得更順暢。

瑪麗和伊賽都靠過來替我的皇家艦艇領航，讓我能順利駛入愛神之港。進入港灣的入口十分緊狹，我插得有點吃力，伊莎貝跑來在我的光裸屁股上狠狠打了幾巴掌，吃痛之下我終於挺進窄縫之中，被我開苞的可愛小妖精痛得呼天搶地。處女落紅混著我的陽精流淌而出，淫豔非常。

休息一會兒之後，我再度開始奮力衝刺，令人欣慰的是，女孩很快就被我送上人間的極樂巔峰，同時我也再度宣洩，滾滾精流撲天蓋地，全身都浸淫在歡愉之中。

就在同一天，我用同樣方式招呼了另外三個女孩，奪走她們寶貴的處女身。反正處女膜對女人沒有什麼用處，我倒是很樂意幫她們開苞破身。

其中有個女孩，我只讓她喝下一點點春藥，在我強迫她獻身的時候，她還很清醒。哦！我獸性大發抱住她的時候，她極力想掙脫我，逞慾的舒暢感更加精妙，真是太爽快了！她羞憤交加的哭喊聲聽在我耳裡有如美妙樂音，我強迫她獻出甜美肉體讓我恣意洩慾的時候，真是太痛快了！我長驅直入撕扯嫩肉，強猛突破花徑內閘，最終搗毀壁壘、辣手摧花碎蕊，那種滋味真是蕩魄銷魂！不管她如何掙扎尖叫，我最後終於硬生生搗入維納斯的愛慾聖殿，耀武揚威地從枝上摘下那朵處女玫瑰，處子貞血汨汨滴淌。哦，看到女人最珍視的處女童貞被我毀於一旦，我不禁志得意滿。

眾神啊！這次幹得真是極爽極美，整整半小時之後我才完全恢復元氣，再次循著剛剛開發的蜜徑，進入維納斯的緊小祕穴。

可人兒！在妳懷中，我足足享受了三次強烈的舒爽極樂。這種騰雲駕霧般的高潮暢快，足以令人魂靈迷醉、心智沉淪，只有男女相纏交合時才能體驗。

之後我禁慾數天，不和任何女孩同床，等到體力和精氣完全恢復之後才開始尋歡。劫走女孩離島之後的第五天，六個女孩都被我殘忍地奪去童貞、任我洩慾。不過她們失去珍貴處子身之後，不管我想到什麼新奇的性愛花招，她們都很投入，充分展現南國女性特有的熱情奔放性格。

突破那道最後防線之後，她們搖身一變，成了我生平所見最為放蕩不羈的浪女淫娃。她們會日以繼夜圍在我身邊，使盡渾身解數讓我的老二維持金剛不倒。她們會裸著全身，然後讓我跟她們一樣光溜溜地躺在地上。她們甚至會搶著幫我手淫或口交，一個會溫柔地握住我的兩顆石丸，另一個會開始用她軟嫩的玉手搓摩我的陰莖，試圖讓它昂然挺立。

接著佔住陰莖的女孩會突然撲到我身上，用下面的小嘴大啖肉棒。她快高潮的時候，蜜穴裡細嫩的肉褶會緊吸夾縮，吞吐中好像在品賞肉棒的滋味，交媾的感覺在這時格外美妙。

其中一個女孩騎到我身上之後，其他的小美人就會火力全開、淫招盡展。

在我用胯下那根紅頭硬角寵幸身上女孩的時候，另外兩個女孩會一左一右抓住我的手，把我的手指放進她們淫賤的蜜縫裡，這樣她們就能享受到類似的舒暢滋味。

伊莎貝特別喜歡伊賽都，她會衝到伊賽都懷裡，兩個人相擁交纏滾倒在地。她們會壓在彼此身上，互相揑揉雙乳、吸吮乳頭，甚至用舌頭舔舐對方的蜜穴。她們會伸手揪弄把玩對方肉縫上的毛叢，手指順勢往下滑進桃源聖穴，極盡所能往內摳挖探索。她們會開始互相挑逗，左手手指同時撫弄肉蒂，內外夾攻之下，她們很快就會渾然忘我，整個人綿軟酥麻，融化在極樂汪洋之中。

有時候她們會一起抓住懶洋洋的黑人女僕芬妮，把她推倒在沙發或地板上。芬妮還是處女，不過她很想趕快擺脫處子之身。伊賽都會親吻吸吮芬妮的紅唇，掐揉吸吮芬妮的胸脯，把她自己那對豐滿雙乳往芬妮嘴裡壓，伊莎貝會鑽到芬妮胯下口手並用，一邊舔弄她陰唇之間，一邊愛撫那顆肉珠。可愛的芬妮會被逗弄得渾身麻軟舒爽，綿長嬌喘聲中，豐沛春泉淅瀝淋洩。

芬妮的手也沒閒下來，忙著取悅她的兩個女孩可不會讓她一個人爽快。她們會抓著芬妮的手，塞進她們下面那座慾焰熊熊的火爐，不用多久也各自洩下股股春潮愛液，沾得芬妮兩手全溼。

然後伊賽都和伊莎貝會竭盡所能為芬妮服務，讓她也能淺嘗和男人歡好時的快感，因為除了芬妮，我已經讓艙裡所有女人都嘗過那種欲仙欲死的感覺。

不過，她不用等太久，我很快就會幫她擺脫年輕女孩都急欲拋棄的處女童貞。

我決定休兵一天，獨自躺在艙房中的床墊上，女孩們一向都打地鋪睡在我四周。睡了不知多久，我被弄醒了，有人在玩我的私處。原來是伊莎貝和伊賽都，她們躺在我的左右兩側，頭枕在我的大腿上，伊莎貝張嘴含住她最鍾愛的巨大肉棒，用舌頭舔弄它，伊賽都摩挲把玩垂在我大腿間的奇妙囊袋，溫柔地輕捏搓弄袋裡兩顆硬球。

我的械具已經翹得跟船桅一樣剛硬直挺、神氣活現，紫紅色的龜頭在黑暗中閃閃發光。

「來吧，」伊莎貝說，「過去這五天，你這根已經把其他女孩餵得飽飽的，可是伊賽都只能看著它在別的穴裡進出。別人都吃大魚大肉，她卻餓了這麼久，你要好好補償她才公平。你來啊，站好！你的老二已經準備好啦，今天晚上你要陪我們兩個，人家好久沒吃到肉棒了。」

我讓伊賽都面向我躺下，跪到她腿間直插進去，當她感覺到我的龜頭探進花心深處的時候，她幾乎馬上就達到高潮。我賣力抽插了好一會兒，盡量忍著不射，才能插久一點，讓她多爽一下，她又洩了三次。花徑內春水精華源源不絕湧出的時候，我也跟著她攀上高峰，一股陽精直射入她的子宮。

我抽出傢伙，躺到兩女之間。伊莎貝連一點重整旗鼓的時間都不留給我，馬上開始撩撥肉棒，還抱住肉棒，把它壓到雙乳之間，用兩顆奶子擠它，臉頰跟著摩弄龜頭。她又用手輕緩地上下套弄肉棒，小嘴含住從包皮間露出的龜頭，舌尖軟軟地舔弄輕啃。

伊莎貝一停止動作，它又再度萎頓垂頭，縮成又小又皺的一團。伊莎貝整根握住塞進嘴裡，在她輕巧地舔舐、吮吸、撩弄之下，它慢慢恢復蓬勃生機，龜頭再度腫脹昂揚，到最後她的小嘴再也含它不住。

我讓伊莎貝趴下，在她肚腹下方墊了個枕頭，然後捅進她的後庭菊蕾。我一邊幹她的屁眼，一邊將左手放到她腿間，伸直幾根手指插她的小穴。

我的大腿不停從她身後撞擊，頂得她的屁股前後搖擺，小穴也自動對準我的手指來回套弄，前門後庭雙重刺激之下快感更劇。

伊賽都也加入淋漓盡致的肉搏大戰。她面朝我躺下，右邊大腿跨到我頭上，毛茸蜜穴在我身側摩蹭。

我將她摟近，湊上前親吻她的蜜瓣，用舌頭舔弄那顆肉珠。我的嘴含著她下面的小嘴連連逗弄，親得她直上雲端，很快就酥麻軟癱。同時，在我的前後夾攻之下，伊莎貝被一波波快感淹沒，昏眩失神、不省人事。

激戰方歇，我們三個精力耗盡，躺倒在彼此懷中。過了大概兩小時之後，我的氣力才開始慢慢恢復。

我們相擁而臥的時候，伊莎貝對伊賽都描述後庭被我撐開時極度美妙飽脹的感受，她一邊極力遊說伊賽都讓我照樣開發一下後庭菊蕾，一邊要伊賽都低頭到我胯下陪那個小傢伙玩一會兒，讓它重振雄風。

優雅性感的可人兒伊賽都張開櫻唇，含住我那根按摩肉棒，在她的舔弄吸吮之下，它很快又充盈滿脹、傲然挺立，她等到它直翹起來才張口放它出來。

我馬上讓她擺好姿勢，方便我從後面進攻，為她的第二個處女洞開苞，她迫不及待，想立即體驗一下後庭破處的樂趣。

我讓伊賽都向右半轉側躺，自己躺在她左側準備插入。伊莎貝也到伊賽都身前，她伸頭到伊賽都兩腿之間，她的小穴剛好露在伊賽都面前。

伊莎貝張口含住我的龐然械具，用唾沫充分潤溼龜頭，然後引導龜頭到它的目的地。伊賽都的菊孔實在太過緊狹，我試了好幾次才捅進去。

總算，我感覺得到分身已經進去了。我緩慢、穩定地往前推進，整根最後完全沒入。

我進去之後，伊賽都死命扭動掙扎，我幾乎沒辦法將她穩住。伊莎貝將右手手指伸進伊賽都前面的小穴裡，我們一前一後抽送起來，伊賽都的腰前後挺動的同時，她的小穴也跟著在伊莎貝的手指上進出套弄。

同時，伊賽都伸手抱住伊莎貝的屁股，將伊莎貝的蜜穴摟到面前，她熱情地伸舌入穴摩弄，舔得伊莎貝率先達到高潮，晶瑩愛液直淌，淋得索卡西亞美人的唇舌濡溼一片。

我也很快就兵臨城下，這時候伊莎貝的手指插得伊賽都淫水狂洩，同時我也在伊賽都的體內射入一道滾燙精流。

「啊，親愛的主人，饒了我吧！我感覺到了，就在裡面！我也……哦，老天，要洩了！哦，天啊，好棒……要死掉了……洩了，又洩了！我洩了！」伊賽都本來死命箍住伊莎貝的屁股，這時雙手忽然一鬆，在強烈快感衝擊之下，她渾身肌肉抖顫跳動，身體劇烈痙攣，之後就軟癱在床，神遊極樂銷魂仙境。

三個星期之內，我們就抵達法國海岸，停泊在古堡附近的小港灣中。我帶著船上所有姬妾上岸之後便直奔古堡。

老天！女孩們來迎接我的時候可真是熱情。她們圍在我身邊，一個個活潑嬌媚、大膽奔放、狂野不羈。這群飢渴無比的小東西，她們一擁而上，爭先恐後來擁抱我，快把我給生吞活剝了。

然後是我的愛慾玫瑰！啊！我親愛的蘿絲，當我擁妳入懷，任妳熾熱的吻如雨點般落下的時候，好像有股電流竄過我的身體。

還有妳，嬌美的蘿拉，當我緊抱住妳的時候，我能感覺到妳那顆小巧的心跳動得如此劇烈。當妳一手拉我的手放到妳的蜜穴上，另一手撫握我那硬梆梆挺翹的巨屌的時候，從妳烏黑眼眸中射出的慾火是如此熾旺。

下一個是羅莎莉，藍眼雪膚、優雅動人的羅莎莉。看她撲到我臂彎中的樣子，輕盈歡快如一隻小瞪羚，我就知道她有多麼開心激動。她星眸半閉，瞳中慾焰閃現，我和她四唇相碰，接著唇瓣緊緊相黏，她張開嘴，我倆唇舌交纏。她跨騎在我大腿上，陰唇狠命纏摩，她緊箍住我不肯放手，雙乳起伏劇烈，她的腰臀拚命扭擺，忽然臀部陣陣彈動，她口中嬌呼：「哦……哦！天啊！」然後就從我懷中滑下，軟癱在地。

來了，我看到卡洛琳也從房間另一端走進來了。卡洛琳，我的性感女神，她知道我回來了。她朝我走來，全身赤裸，只在腰間裹上粉色輕紗。我也光著身子，衣服早在走進房間的時候就被女孩們給剝光了。我的陰莖又硬又脹，直挺挺地貼著我的肚子。卡洛琳看到了，她停下腳步，目不轉睛地盯著我的巨屌，著迷於它的陽剛威儀。我飛奔到她身前，一把抱住她，她的心神激盪，竟然昏倒在地，拉得我也跟著躺倒。她倒地的時候雙腿張開，我剛好往下趴到她腿間，不等她醒轉，我就幹得她整整高潮了五次。

她再次站起身的時候，眼中神采炯亮飛揚，步履如幼鹿般輕盈嬝娜。

我站起來之後，看到淫媚放浪的努比亞女奴正含情脈脈地望著我。她渾身裸裎、雙腿緊夾，手上端了一杯酒朝我走來。我迎向前，接過酒杯一飲而盡。美酒入喉之刻，我知道裡頭加了可以壯陽助興的春藥。

剛剛點到名的那些美人兒全擁到我身邊，一齊伸出玉手纏抱住我，有人抱住我一邊大腿，有人纏著我的脖子不放，有人抓住我的手往小穴裡塞，就這樣自己爽起來，還有人坐到我胯下一邊把玩我的兩顆巨石、一邊撫弄再度勃脹怒挺的陰莖。性感的色列思緊抱住我，就在我的硬屌即將探入洞中的時候，芬妮走上前要求讓她的處女蜜穴優先開苞，她已經慾火焚身，等不及要破處了。

我抱住芬妮讓她躺下，然後壓到她身上。其中一個女孩趕緊拿來一個軟墊放在她的臀下，然後引領情慾鏢頭到肉鞘開口。我奮力挺進衝刺，另一個女孩在我屁股上狠狠打了好幾下，我的肉棒整根沒入鞘中，可愛的芬妮很快就嘗到她渴盼許久的瓊漿鴆液。

我剛剛喝下的那杯酒裡面加了不少春藥，一發之後胯下肉棒仍然頂天立地。

努比亞女奴接著走上前，我好好地幹了她一回，我還沒抽出來，她就洩了三次。接下來，卡洛琳、蘿拉和羅莎莉也輪流上前，每個人都讓我痛快地操過一回。

之後我就到浴室洗浴一番，只帶了卡洛琳、瑟蕾絲汀、蘿拉和羅莎莉四個女孩跟我進去。

我在浴室裡又分別讓羅莎莉跟蘿拉爽了兩次，才打發她們回自己的臥室，只留下卡洛琳跟瑟蕾絲汀陪我。

我喚人把晚餐送到浴室裡，接下來的時間和精力我打算全都奉獻給我兩位迷人的情婦，滿足她們如狼似虎的飢渴性慾。我又喝下更多摻了斑蝥酊的酒，可保整晚金槍不倒，我就能用我的暖熱陽精把她們兩個灌得飽飽的。

我們在浴室裡玩了幾個小時之後才出來，一起回到臥室。

我領她們進了上賓臥室，放下床邊帷幕之後就跳上床。

卡洛琳跟瑟蕾絲汀也跟著跳到床上。我的肉棒馬上就整根捅入瑟蕾絲汀慾火熾旺的蜜穴裡，插得這個迷人的小東西爽到升天，連續高潮了四次，從她穴裡噴出的愛液春水浸得她臀下的床單整塊溼透。

瑟蕾絲汀之後換卡洛琳上陣，她那貪婪的小穴拚命吸含我的肉棒。

那一夜就這樣度過。我輪流幹她們兩個，搞到她們高潮不斷、淫水直洩，到最後渾身疲軟脫力。

我已下定決心，不再出門尋訪更多處女，我要將自己的身心都奉獻給我親愛的女孩們，我相信我絕不可能再找到比她們更美豔性感，又願意和我一起尋歡作樂的女性。

我現在就在這群可人兒的陪伴下，過著幸福快樂的生活。且慢，我聽到床上有人在呼喚我了。禁慾三天之後，我已經重振雄風、蓄勢待發。我飛撲到床上，跳到美人懷裡。在愛慾玫瑰的溫柔鄉中，極樂慾浪頃刻將我吞沒。

國家圖書館出版品預行編目資料

愛慾玫瑰 ／ 佚名著；傅羽譯 --初版 -- 新北市 ： 十色出版；臺中市：晨星發行, 2011. 10

面； 公分

譯自：La Rose d'Amour

ISBN 978-986-87354-3-9(平裝)

873.57 100017351

作　　者／佚　名
譯　　者／傅　羽
總 編 輯／林獻瑞
封面設計／Innate Design
內文排版／林鳳鳳

出 版 者／十色出版事業有限公司
231新北市新店區北新路三段82號11樓之4
電話：02-8914-5574　傳真：02-2910-6348
負 責 人／陳銘民
發 行 所／晨星出版有限公司
台中市407工業區30路1號
電話：04-2359-5820 傳真：04-2359-7123
E-mail：service@morningstar.com.tw
http://www.morningstar.com.tw
郵政劃撥／15060393　戶名：知己圖書股份有限公司
法律顧問／甘龍強律師

總 經 銷／知己圖書股份有限公司
（台北公司）台北市106羅斯福路二段95號4樓之3
電話：02-2367-2044 傳真：02-2363-5741
（台中公司）台中市407工業區30路1號
電話：04-2359-5819 傳真：04-2359-7123

承　　製／知己圖書股份有限公司　電話：04-23581803
初　　版／2011年10月01日
定　　價／220元

ISBN 978-986-87354-3-9

請填妥後對折裝訂，直接投郵即可，免貼郵票。

廣告回函
台灣中區郵政管理局
登記證第267號
免貼郵票

十色出版事業有限公司　收

407 台中市工業區30路1號

「十色客」大募集！

享受性福是成人的權利！我們開始拉幫結社，建立一個健康、樂活的性福樂園。不必大聲喧譁，透過寧靜的出版、閱讀，十色客的力量與影響就能被看見！理念相同者，歡迎填妥背面資料剪下，寄回或傳真至（02）29106348，即時掌握十色客最新活動與優惠訊息。

更方便的購書方式：

1.網站：http://www.morningstar.com.tw
2.郵政劃撥
帳號：15060393
戶名：知己圖書股份有限公司
請於通信欄註明購買之書名、數量

3.電話訂購：直接撥客服專線
（04）23595819#230
傳真：（04）23597123
客服信箱：service@morningstar.com.tw

十色客回函卡（0163003）

書名：＿＿＿＿＿＿＿＿

個人基本資料（有★號者為必填項目）

★姓名：＿＿＿＿＿＿＿＿ ★ 性別：□男 □女

★生日：＿＿＿年＿＿＿月＿＿＿日

★E-mail：＿＿＿＿＿＿＿＿

電話：（　　）＿＿＿＿＿＿＿＿

地址：＿＿＿＿＿＿＿＿

教育程度：□博士 □碩士 □大專 □高中 □國中 □國小

個人購物資訊

哪裡購買：

□博客來 □誠品 □金石堂 □何嘉仁 □7-11 □全家 □萊爾富

□大潤發 □家樂福 □其他＿＿＿＿＿＿＿＿

如何得知此書訊息：＿＿＿＿＿＿＿＿

□逛書店 □報紙雜誌 □網路書店 □朋友介紹 □電子報 □廣播 □店頭海報

□其他＿＿＿＿＿＿＿＿

喜歡何種促銷活動：

□贈品 □打折 □抽獎 □其他＿＿＿＿＿＿＿＿

購買本書原因：

□內容符合需求 □ 封面吸引人 □價格OK □其他＿＿＿＿＿＿＿＿

您希望獲取下列哪方面的訊息：

□ 性愛技巧 □ 性愛保健 □ 性教育 □情色小說 □ 性文化

□ 其他＿＿＿＿＿＿＿＿

有話想告訴我們
